シリーズ日本語の醍醐味⑥

蝕まれた虹

小林美代子

烏有書林

目次

蝕まれた虹

蝕まれた虹

その老女は沼の底からすうっと真直ぐ浮いてきたように、頭からずぶ濡れで、私の家の四分の一坪の玄関に立っていた。体が崩れる寸前の疲れ果てた姿で、出迎えた私を見ず、自分の胸を覗くようにして、つぶやいていた。

「たずねました、ずいぶん。東京の郊外は初めてなものですから、交番に聞いてやっと判りました。次男のことをぜひ聞いていただきたいのです」

「どこからおいでです」

「京都からです。テレビを見て、次男がどうしたらあなた様のようになれるかと……」

外灯を背にしているせいか、顔は茶色にしぼんだリンゴのようである。額に髪をまつわらせ、黒の雨ゴートの裾から雫をたらしている。

雨は風とともに激しく玄関のドアーを叩いている。

一間しかない三畳の布団を上げて、不意の客とじっくり話し合いたいが、私は腹痛と下痢で、茶をもてなす体力もない。パジャマに羽織をひっかけて、玄関に座っている。

本棚のおいてある、せまい上がりがまちに座布団を出し、すすめた。

「濡れていますから、このままでいいんです」

と老女は強調も哀願もし尽したように、抑揚のない声で言った。

「次男は四十六歳になるのです。変な行動はしないのです。でも昭和二十年三月十日の空襲から幻聴が消えないのです。歯を磨き、食事をしながらも、忙しく返事をしています。この頃は特にひどくて、バスの中で、

『そうだっ！　そいつだ、逃がすなーっ』

と叫んで、客たちは総立ちになるのです。次男は、

『覚えているぞ、三月十日の爆撃で勲章をもらったやつだ』

と天井を睨んで足踏みして言っています。

長い間次男が幻聴に答えるのを聞いていますと、こんな風なんです」

「私がここでこうして死んだということを、肉親のかわりに覚えていて下さいね」

一生忘れられません、あなたは灰が三十センチも積った土台に顔を寄せて、髪が黒人のようにチリチリに焼け、裸の体をパンクさせるほど焼きぶくれていました。

「私は死んでいるので名前もないし、夫の名も言えません。でも生きてるうちに夫にあったら伝えて下さいね」

私には聞えるのに、なぜあなたは死んだなどと言うのです。

ええ、ええ、あなたのことも忘れません。あなたのお兄さんを探していますが見つかりません。おばあさんが息子さんのあなたに背負われて、あの道のあの角の真中に、あなたは両手を前にのばしてうつぶせに倒れ、その背中におばあさんが、ひもでゆわかれているように、肩に斜めに添って死んでいらっしゃいました。でもあなた方はどこの誰だったんです。

地熱で熱いあなたの裸の死体に聞きました。死んだから人間でないのが悲しい、だから頼むのだといいましたね。でもそのお兄さんは戦地にいたのですか、どこで何をしていたのですか、僕には大変なことですが、世界中、あの世まで行って探して、必ずお知らせしますよ。

ほくろの坊や、君のことも、じき約束を果すよ、自動車に、乗せるんだったね。

ちょろちょろとねじれて斜めに吹き上がっている水の下に、坊やの背中が洗われて死んでいた。

「ぼく水道の下なら焼けないと思ったんだよ、どうしておじさんは生きてんだい。僕の父さんや母さんや姉ちゃんはどうしたかしらないかい」

お尻の割れ目にほくろがあるな、ほくろのある坊やを探している人がいたら教えてやるよ、この家のこの水道の下にいたとね。

「どうしてこんなこわいことになったの」

戦争だよ、戦争は防げないんだ、大人になったら判るよ、ああ、坊やはもう戦争の経験はしないですむよ。

「僕淋しいんだチコもいないしね」

チコって犬かえ。

「ふところに入っちゃうんだ」

チコか、チコは天国で待っているよ、早く行きな。地獄への道と間違えるなよ、又焼かれるからな、チコの代りにどこにも行ける自動車に乗せてやるよ、そしてみんなを探そう。

「次男は数百体近い死体の一人一人の最後の無念と願いを全部、一身に背負って、それを果そうとしているのです。

私は幽霊と一緒に住んでいる気がします。

次男はそれでも私に、十分間でも自分の耳が欲しいなあ！　と考えるように言うんです、が、そのそばから幻聴に答え始めています。

それで京都に住み変えましたが、よくなりません」

「病院へは？　……」

「入れました。この程度で病院に置くのは可哀相だと退院させられ、勤めている工場からは病院に入れたらと言われます」

「早く幻聴を消さないと永久に……」

しまったと私は口をつぐんだ。

「もう永久になっちゃいました。でも病院に置くのはあわれだと……」

母親は自分が何を聞きにきたのかさえ判らなくなるほど乱れている。

「病気ではないんですね、見てしまったものから逃れられないのですね、私も患者なのでお教えできることが何もないのです」

「そうおっしゃるのは判ってました。判っているんですが、ここまで来たかったんです。来てもどうにもならないことは知っていたんです。私も次男も三月十日に生き残ったのが、幸か、不幸か判りません。死にたかったです。

自動車の免許証をとるのだと、学科は受かったのですが……」

「運転なんてとんでもない、なぜやめさせないのです」

「そう責めないで下さい、絶対言うことを聞かないのです。実技で幻聴に乱されて、教師に凄い声で叱られ、免許証はとれませんでした。それがショックで急に悪化しました。夜中布団に座って、自動車にのせられなくてごめんようーなんて泣いています」

「幻聴はすぐ治療すると九十九パーセントは聞えなくなるんですがねえ、私の病院では幻聴の直らない人は、四百人中三人でしたよ、病院を変えられたら……」

「でも先生は病院に置くのは可哀想だと……」

と又話が戻る。幻聴の話に反応して私の腹は下痢信号を発し、関門から吹き出しそうである。

「ちょっと失礼」

私は便所に飛びこむ。

母親は正気なのに、今まで見た患者より病人らしく見える。

「私は患者ですが、同時に精神科医であったら、よい相談相手になれますのに……。でも患者になると、医師の免許はとり上げられますわね。自分に合う薬に会えると再発しないのですが、私の先生に御相談なさいますか？　……」

「どこです」

「清瀬です」

「清瀬の方にも長い間かかりました。直りませんでした。あなたがそういうだろうことも判ってました。でもきたんです。ここまで……。どうにもならなくて……、本当に疲れてしまったんです」

不意に体をゆらせて玄関にしゃがみこんだ。

私は自分の冷たさが思いやられた。玄関先で追い返すのかと、自分の声が胸に突きささる。又下痢の気配がする、ここで立つべきでないとこらえる。しかし我慢できるものでない。

「ちょっと!」

と又便所に駆け込む。客は私の異変には気がつかない。

今まで半年に一回次兄が、私が狂っていないかと、見にくるだけだったのが、私がある文学賞を受賞してから、毎日客が何組かあり、外出も多くなった。私は客の希望を一人のこらず引き受けたのがたたって、神経の疲れから粉ミルクでも下痢した。

私用のをもう一部屋欲しいと思う。泊めて明日ゆっくり語りあいたい。しかし私にも、重病の経験のない者には判らない、首一つ動かすのもいやなだるさがある。頭の隅で、早く横になりたいと思う。病気の相談の客は、毎日二、三組はあるのだ。

見馴れない迷路のような家々の間を、たどって尋ねてきた結果がこれだけである。

この老女の次男は人々の無念を抱き寄せることで生きているのだろう。それらを放り出せた時、白痴になるか、死んで幻聴の者たちと一緒になるのではないか。

ブリキ屋、駄菓子屋、大衆食堂などが、小さい軒《のき》を連ねてひしめきあった家々、入りくんだ細い道路へ、人々が忙がしく蟻のように出入した門口、その街が一夜で消えた。電柱一本、瓦一枚残らない。地平まで、四方まっ平な灰の砂漠である。

窓をくりぬかれた半壊のコンクリートが遠くに、二、三、見え、放り上げられたボールのような真赤な太陽が地平からのどかに上がった。その真下から一すじの道が足元までつづいている。人間は一人も通っていない。

裸の死体だけが降ったように道に散乱している。手足を湾曲させて、仰向《あおむ》けに転がっているのが多い。それが楽な死方だったのだろうか。昼寝のように腕に顔をのせ、背中を横向きに見せている死体。毛虫のようにひざを抱いてまるまった死体。両腕を輪に、つま先を揃えている死体、みんな眠っているようで表情はない。もとから褐色の人形だったようだ。

小学校では、道路から石段三段の、校舎の入口の鉄の扉を、火を入れないため早く閉めた。扉に片手のこぶしを上げてひざまずいた母親と、両こぶしと頭を扉に伏せて立ったままの子供が、死んでいる。

服を着て立っている、わずかな人間の存在の方が不思議に思える。風船に乗ってついた所が、死の国だった、という気がする。

アパートの枠だけの一階の一隅に、三十体ぐらいが、追いつめられ、お互いをかばいあったのか、積まれたように重なって、真黒く炭化している。兵隊二人がその山へざくりとシャベルを入れ、しゃれこうべも、手足もバラバラにすくい、トラックに放り上げている。

次男はその場で手をふるわせて合わせ、涙をせきとめようと、目を強く閉じる。しかしすすり上げてしまう。

「兵隊さん、一体ずつかかえ上げてやって下さい。私の頭を、私の手を持って行かないで下さい、と口々に言っています」

兵隊は死体よりいたまし気に次男を見る。そして死体を見、自分の軍服を見る。同じ軍人が殺した死体だ。そして死ななければ軍人にさせられる死体だ。

「おれたちの方が気がふれそうだよな」

二人の兵隊は顔を見合わせ、ぬれている目じりをすぼめる。

「にいさん、向うに行きなよ。死者は百何十万、生きてるのが千人足らずだよ。仕方ないんだ」

「暇の問題じゃないんです。魂の問題です」

「何にも残っちゃいないよ、これは灰だよ、魂まで焼けたんだよ」

兵隊は土のように骨をすくい放り上げている。

死者の言い残したこと、やり残したことへの心残りの怨念《おんねん》を、私たちが狂わずに見過せたのは、大きい狂気をすでに抱いて、小さくふるえる狂気を、足下にふまえる、ふてぶてしい正常者になっていたからだ。

どんな悲惨さにも際限なく人間は馴れるものらしい。敵もだが味方もだ。猫の死にさえ心痛む人間が、一夜にしてこの多くの死に、狂気の無感覚者となり、その無感覚によって正常心が支えられている。

恐ろしいことだ。

死者を灰になりそこねた土として、誰一人黙禱《もくとう》せず、ずかずかとまたいで通り、壕の黒い抱き合った死体にも、炭一本の関心も示さない。正常なままで狂気の世界にすべりこんでいる。

一つ一つの死体にひざまずいた次男だけが深傷《ふかで》を負ったのだ。そうした次男の姿が私には見える。

人間が他人にしてやれることとは、落ちたピンを拾ってやるぐらいだ。私がこんなに無力だとは知らなかった。

人は精神病者となった自分を知った時、抵抗しようのないどん底を見、その底に生きるしかない自分の生に、自分を馴らしてゆく。が、そばの母親の苦痛は日々新しい。三月十日以前の自分たちにかえること、次男を元にかえすことだけを考えつづける。

「病院へ――」

「いや可哀想と……」

と話はどうどうめぐりをする、確かな救済が何もないのを知りながら、確かなものをお互いにつかもうとする。治療から逃げさせながら、確実な健康を得させようとしている。

何回も私は便所に行く、私は寒さと下痢に堪えかねて、客の代りに座っていた座布団の両端を持って、ついに、

「そういう訳で、私にもよい方法が……」

「判ってんです、判ってんです、でも来てしまいました。すみません」

「これが患者の家族会の幹事の方の住所です、お力になって下さると思います」

「はい、ありがとうございました」

私に引っ立てられるように、向きを変え、雨の中へ静かに踏み出して行った。私の所にきて、直らないという確信を強めにきたようなものだと思った。

布団で体にぬくもりが戻る中で、次男の幻聴の一つ一つが地獄図のように彩色され、ふくれ上がって、私の魂にきざまれる。もう消えることがあるまい。

太いズボンをはいた男の、天に向って話しつづける姿が浮かぶ。

私やその男は神経が弱いのだ。病気は自分が招いたものだ。弱いことは悪いことではない。仕方のないことだ。仕方のないことはこの世に沢山ある。我々ばかりではない。

又玄関で人の気配がしている。眠ってやり過そうと思う。ドアーは強く叩かれ通しである。私は又パジャマに羽織で玄関をあける。

キビキビした中年の男が傘を広げたまま、半歩飛びこむようにして、

「御病気なら又あとで……ただ小川さんがどこでよくなられたか聞きたくてまいったのです」

「玄関先で申しわけありませんが、どうぞおかけになって、一部屋なもので……」

「いえ、いえ、こちらこそ御無理を願って……。娘が入、退院を、三、四回くりかえしています。面会に行っても変った所がないのですが」

「何が原因でした」

「見合で婚約が成立したのが原因でした。狂うほど嬉しかったのですね。生命保険の会計係りをやってました。相手はおばさんばかりですし、男友達一人も作れない小心な娘でした。男友達ができた時、話相手ができるようにと、やたらに本を買い、絵は上野から銀座へとかかさず見に行き、新劇も歌舞伎も、すべて見尽していました。でも批評する頭はないんです。ただ見ておくだけです。それはいじらしいほどでした。

顔は真中のせまいひょうたん形で、目が細く、口が突き出ていて、非常にコンプレックスを感じて居りました。見合の時も諦めていたのですが、向うが、おれは『便所屋』という水洗便所工事人夫だがそれでもよいかと言うことで、娘もそれはお似合だと自信を持って喜んだの

です。

嫁入り道具をそろえるのに下駄一足さえきちんとそろえないと気がすまないたちなので、親類は来てくれるだろうか、向うの親類の人が私を気に入らないのではないかと、結婚の話ばかりしつづけて、あまり喜びすぎておかしくなっちゃったんです。

そんなバカなことってあるでしょうか。幸せにして悪かったとはね。おめでたいことばかり、にこにこして言ってるんです。

ムームーを着ながら空気に向って『あけましておめでとうございます』なんておじぎをしたり、『結婚って一生の一大事でしょ。あなた落着かないでしょ』と首をかしげて、見えない相手にうなずいているのです。

風呂に入って二時間位出てこないんです。タオルを桶の中で、いつまでもこね回して、体を洗おうとしないのです。

一度よくなって退院させた時、友人の結婚の話を聞くと、もうその夜は、私たちに、『あらもう、私の赤ちゃんの足のふんばり方の強いこと、ひざが痛い位よ。はい、立っち、立っち』

と言って両手でひざに赤子を持ち上げてる恰好をします。毛布を赤坊のように立てて抱いて、やさしくほほずりしていますす」

「私は発病の原因に一切触れません。考えて腹を立てて病気になるより、どんな損をしても、再発しない方がよいと、腹が立ちそうになると、一分間で、その考え方を除外します。

悪くなり始めは自覚できますし、貰っている薬もよく利くので、多量にのみ先生に相談に行きます。自分で自分が手に負えなくなることが予感できますので、その時はその日のうちに入院します。今でも薬をのんでいますし、全快したと言い切れる状態ではないのですが、何とかやっています」

と私は医師のようなことを言っている。

「私も、入、退院はくりかえすと思いますよ、今のところは良い状態ですけど」

「小川さんのおかかりの病院をお教えいただけますか」

私は病院の住所と電話番号を書いて渡した。父親はそれだけで明るい顔をして出て行った。あの父親はあんな明るい顔で出て行ったが、私の傷を深めまいとした笑顔だ。本当に娘さんがよくなればよいがと願う。

私は小説が本になったことで、社会に生きる場を与えられている。幸せと言うべきだろう。日本で二百五十万の同病者は、病院や自宅で、一生社会とかかわりを持てずに終る人が多いのではないかと、その孤独な生活に私は暗然としてしまうのである。

素足でおかゆをたき、焼のりで食事をした。

ほとんど睡眠薬で眠っている。睡眠薬の眠りは、黒い鉄板でガッと思考を断ち切ったような闇の、全く自己のない眠りである。電話が鳴りつづけていたような気がする。不意に大きくベルが鳴る。

兄弟もその妻たちも、最近、入院や手術の経験のある者ばかりである。私は驚いて、枕元のスタンドに手をのばす、反対側にのばしていた。ようやく電話をとる。

「小川さんですか、私、自殺します。もうめちゃくちゃなんです」

と叩きつけるような女の声がする。

私は電話に引きつけられてしまう。電話の小さい穴から、それが私の責任のように聞える。また下痢症状が起り始めた。世の人の不幸の責任は全部私にあるように思い始める。電話を放すことは、あちらを放り出すことになる。じりじり握りしめている。私は早くころりと眠りたいと思う。

「床《とこ》で眠れず、部屋を歩いて落着けず、夜道を歩いていて電話をかけました」

「私も自殺未遂をやりましたが、あまり面白いものではないですよ」

「そんな——冷酷な——」

「あなたは損してもいいでしょうけど、人に迷惑をかけます。今どちらです」

「世田谷です。自動車を拾ってすぐ行っていいですか――」

「私も体と両方が病気だけど……では、ちょっとだけね」

「はい、すぐ失礼します」

電話の主は四十歳位の女で、ほほ骨が高く、唇をめくるほどかみしめ、とげとげしい表情をしていた。私の布団の上に二人で座った。

「私の夫は、私より十歳も年上のバーのマダムの所に家出しました。

私は木賃アパートで子供三人を母に見て貰い、一心に育ててきました。茶の葉も数えてきゅうすに入れるような生活でした。日雇いになって、道のはじを伝いながら下水道のマスのどろを、柄の長いシャベルで、カチカチ打ちつけながら、すくい上げる仕事などしましてね。

上の息子が中学生になった六年目、母が私の精神の状態がおかしいからと、夫を連れ戻しに行ったのです。

夫は自分の娘でもない女の娘を嫁にやって責任果したからと一応帰った形になりました。女の夫は戦地から引き上げ、女と私の夫とのことを知り離婚しています。

時々夫は帰ってきますが、まだ女とバーをやっています。

女のバーから上がった金で肝をつぶすような七部屋もある電話つき、冷暖房機つきの家を買って私たちを住まわせたのです。

私は家などほしくなかったんです。夫と額を寄せて、子供の月謝の捻出を一緒にやる、つましくとも、温い生活が欲しかったんです。

でも子供たちは喜んでいます。父母が一緒にいて、立派な家もある。海外旅行も父がさしてくれるというのでね。子供の進学、結婚、それに病気らしい自分を考えると、子供を連れて出て行けません。夫も子供のために建てた家なのです。私なんかどうなってもいいんです。

女は五十八です。バーのせまい奥の間に大石のような尻をでんと据えて、ふくらんで口の開いているカバンの売上金を畳にあける。筋肉質の夫の腕が札や銀貨を選り分け、女が勘定して帳簿に記入する。女は何冊もの貯金通帳を、台所の大工道具箱の下から出し、二人で頭を寄せて総計し、金にもたれたゲップのような笑いと溜息をついて、顔を見合せてる、といった想像を私はします。一度見にゆきたいと思いますが、恥をかきに行くなら、私が消えた方がましだと思います。私と夫は家にいてもほとんど口を利きません。殴りあった方がしんそこスカッとするだろうと思います。幾つになっても愛慾とはあるものでしょうか？　……私は夫や女よりずっと若いのです。去りたいのですが、子供と別れられません。

夫がぐっすり寝ていると、私はこづきます。なぜ去ったかを聞きます。

『お前が、金、金と血眼《ちまなこ》になるのがいまわしかった。もっと大切な心をくるむものを、お互いに育てたかったが、不可能だった』

『私は十八のとき、貰ってくれる人に行くのが仕合せだと思ったんです』

『お前は赤坊のようで、どんな妻になるか楽しみだった』

『その人、そんなにすてきなの』

『平凡な女だよ、ただ、とことん尽すんだ』

『私も私なりに尽したわ』

『お前は夫より、夫の運ぶ金が欲しかったんだ。おれの兄弟に対する態度が裏書きしている。女はおれが半身不随になっても、悲しみもせず受入れて、堪えてくれる。女のお前たちへの尽し方でも判るだろう。お前は三日経ったら嫌々世話する女になる』

『その完璧な尽し方に、どれほど私が痛めつけられているか、あなたには判って貰えないわね。我ままだと怒るでしょう。でもその女《ひと》はそこまで計算してるのよ。これでもか、これでも妻の座に安閑としていられるかと、おびやかしているのよ。夢中で尽して作ってくれたこの家の豪華さは、凄い嫉妬の深さなのよ。愛って残酷ですものね、私にあなたの体を返しても、決してあなたの心は返さない』

『おれは君たちの物じゃない』

『両手を合せた中のセミのように、あなたの魂をつかんでいたかった！』

『それはどんな人間でも不可能だよ』

『でも結婚当時のいたわりがなぜ消えたか、あきらめられない――。私があなたの兄弟に百円でもケチだったのは、バカな女房の常で、私たちの将来の生活を思ったからよ』

『貯金が何十万もあってもか！』

『何としても、私にはかなわない女《ひと》なのね』

私は嘘でも、女が老いぼれたから帰ってきた、と言ってくれないかと思うんです。

私は布団を頭からかぶっちゃうんです。自分の欠点がやりきれないんです。人間的に、夫と女に太刀打ちできないのが口惜しいんです。その憎い人たちの庇護でぬくぬくと生活してるのがたまらないんです。子供三人とで貧しさと闘っていた時の方が、安らかでした。夫よりできるだけ遠くに行くために、夫と女と自分に勝つためには死ぬしかないのです」

「嫉妬も十年経てば、カラリと忘れますよ、ありふれたことじゃありませんか！」

「あなたにはね。私はそれでは済みません。こんな口惜しさが消えることがあるんでしょうか」

「人間って案外年とともに変るんです。私も失恋して平静になるのに八年かかりました。今あなたに何をもってきても無駄です。時間が自然に辛さをやわらげてくれます」

「いいえ、私はかえってつのります」

「問題を一時どけて、自分だけの世界を心の中にお作りになってはどうです。仕事につくか、夜は鎮静剤でもおのみになって……」

「鎮静剤ですって！　治まりませんよ。眠れなくて睡眠剤を飲みつづけていたら、睡眠剤でも眠れなくて、仰向けになり、腹這いになり、輾転として夜を明かしてしまいます。眉の所が小石が詰まったようににぶく痛んで、精神科の医者に診て貰いました。飲まされていたのが、精神安定剤なんです。私もびっくりしまして、安定剤なんて飲むのは気狂いだけでしょう。私はぴたりと飲むのを止めてしまったんです。そうしたらとても苦しいんです。毎日眠れないから、頭が漬けもの石のように、瞼《まぶた》を圧迫するんです。皿一枚をいつまでもごしごしと洗うくせに、一月も掃除をせず、髪もろくにとかさず、朝、顔を洗ったかどうかも判らなくなって、こんなやりきれない生活は終りにしようと、あなたに電話したんです」

「私も今も精神安定剤をのんでいますし、気狂いですが、きちんと生活していますよ。気狂いがどうしてそんなにこわいんです」

「あなたの小説に出てくる、パジャマにオーバーを二枚もひっかけて、はだしでこられたら、近所の手前、あまりいい気持しません。御友達になろうなどと思いませんよ。ましてその本人になるなどとんでもない話です。あなたの安定剤は赤ですか、黄色ですか」

「青も赤も色々あるでしょう。医師から貰っているから名前は判りません。今は皆安定剤を持っていて、腹が立つような交渉に行く時は、ジンタンのように飲んで出かけてますよ。お医者さんにお任せして、眠った方がいいですよ。誰でも一生のうちに本当に死にたいと思う時が、

二、三度ありますよ、ね」
「ええ、辛いからのんでみます」

「みんな、自分のどこかがおかしいのを自覚しているから、安定剤を飲んでんでしょう」

「私は絶対狂ってなんかいません、バカにしないで下さい」

「私は純狂のレッテルつきの分裂病ですからね、純毛ならぬ、純狂の言葉しか狂人として信用しません。あなたは狂人の私にバカにされる位だから、安心して笑って過したらいいんですよ。死の宣言など真面目にやるべきではないし、気狂いの私を選ぶべきじゃないですよ。その道の先生方がいらっしゃいます」

「私たち本当にバッカみたいね。自殺を玩具にしていましたわ。お疲れでしょう。おやすみなさい」

「あなたは裾の方からもぐって眠れたら眠りなさい、これを飲んでね」

と私はブドー酒をコップに半分ついで出した。

「ありがとう」

女は飲むうちに表情を弛緩《しかん》させ、その下からうす赤い恥らいを広げていった。夫に見せたい素直な顔だった。

明け方近く、私は吐気がするほどへばり、這ってもぐりこみ眠った。

なぜ結婚というものがあるのだろう。頭の上でふり回されたおさかきに二人が縛られ、めでたいとは言われるが、めでたいことばかりではないようだ。

独身だっていいものだ。苦しみも幸せも単色であるが、働きたい時働き、やめたい時やめる。炊事がいやなら絶食するのも自由。掃除と化粧も一生、したくないならしないですむ。自分の考えを一分も乱されることがない。苦しい時も、遠慮なく苦しめる。

病気の時も、夫が、妻がいても、本当はそう役に立たないものだ。最後の覚悟は一人一人できめなければならず、自分の手で自分の始末をつけるべきだ。

今にもっと気の利いた、男女の生活のあり方を考案してくれる人が現れるだろう。縛られず、最も自然で、楽で、自由である生活を、である。


「小川さんの家を見ただけで、何だか親しくなったようで。帰ろうと思ったんですが」

と言いながら、ぼってり肥った、金魚のように目のふくらんだ中年の女が、玄関を開いた。

隣家の老主婦が、女の背を押すように添って、

「何か御相談したいがって、遠慮していらしったものですから……」

「それはお世話様でした。どうぞお上り下さい」

「使いの途中でこんな恰好でどうかと思ったんですが」

陽気にしゃべりながら、指を開いた素足でべたりべたり上がってきた。私は患者かしらと思った。

「娘が入院してるんです。面会に行ったら、暴れるからと手を体に縛られて連れてこられました。大分悪いんです。

失敗したんです。高校時代発病の経験があったんですが、人並に結婚させてやりたいと二十七の時、病気を隠して見合結婚させせました。二ヵ月で再発しました。

相手は係累のない大工でした。娘は、亭主と仲人の四十歳ぐらいの女とが、以前から肉体関係があり、今もそれがあると思い始めたんです。

毎朝夫が出るとすぐその女の所へ行ったのではないかと、その考えにとりつかれて、食事も、家事も手につかず、いらいらと家の中を歩き回っていて、テレビをつけては消し、つけては消し、花びん、枕、化粧びん、本を座敷中に投げ飛ばして、その真中に座ってんです。

その女が来て三人で食事をしていると、亭主は、その女を姉ちゃん姉ちゃんと言って、二人だけの昔話をしています。娘は食事をやめて窓によりかかって外を見ているのですよ。

私はくさいと思うんですよ、私だって肉体関係ができているか、いないか位見当つきますからね。娘との結婚以前からつづいているとにらんでいるんですよ。

娘は亭主の帰りが遅いと、その姉ちゃんの所に寄っているんだろうと考えるようになっちゃったんです。スタンドやコップを庭に叩きつけたりしてるんです。

人並に幸福にしてやりたいというのが、人並に苦労させてやりたいと言うこと以上のことになってしまいました」

私は、とび出た白い目で、「姉ちゃん」を見るようにじっと天井をにらんで話す異様な表情の母親に、娘の狂気に追いつめられ、正気から逸脱してゆく危機を感じた。

「娘とホームに立ってました。娘が電車が来た時飛びこんだのです、手前の電車の線路を転り向うからきた電車との中間にはさまれました。電車を止めて、駅員が引っぱり出しました。よくまあ無事だったと思います。こちらの線路に止まっていたら、ひかれてました。腕に傷を負っただけでした。病院で検査と手当をされながら、腕の傷をながめて、

『あらこの血どうしたのかしら――』

なんて何も判らないんですよ」

「結婚すると、隠している病気の再発のおそれと、発病すれば夫は捨てるだろうと、二重に苦しみますよね、結婚などさせないでのんびり暮させた方がよかったんじゃないですか――」

「親バカでねえ――」

「だんな様は面会に行っているの」

「一回も行かないようなの」

「精神病者には精神病者の生き方が別にあると思いますね。何も人真似する必要はないと思いますわ。むしろ肉体的にも精神的にも自由に交際させる方をとった方がよかったかも知れませんね。夫のことを忘れるように、そんな夫なら離婚さして、ゆっくり病気を直させたらいかがです。離婚と聞けば、辛いでしょうけど、忘れるしかなくなりますものね。時間をかければ仕方がないと考え始めますよ。自分の夫が今あの女と何をしているかと思えば、怒る権利はあると、よけいに暴れるのでしょう」

「小川さんはお一人で通したからそんなことが言えるんです。とても一度結婚した者は、独り暮しはたまらないものですよ。肉体的に納りがつかない、そりゃ大変ですからね」

私は性慾とはそんなに恐ろしいものかと、この年で、私の方が真赤になって驚いてしまった。すると私の若い時は性慾も犠牲になるほど働きすぎて、その苦しみを知らずにきたのだろう。そのころは食欲がなくて困っていたものだ。

初対面の私にそんな話をする母親は、娘の異常さに麻痺して、狂的なものも性の秘密性も、正常と変わりなく感じられるのだろう。

「どうするにしても、今病状が悪いのでどうすることもできませんけどね」

心配してはいるのだろうが、本来楽天家なのか、世間話のように話して、けろりとした顔で帰った。私もすいーっと聞き流していた。

私は鏡のようなもので、相手の様子次第で死ぬほど深刻にもなれば、さばさばと突き放しても考える。相手の心を写すだけで、知らん顔しているガラスだ。

私の存在がガラスで許されているのは、世間が病人として、甘く許容してくれているからだ。私は患者の苦しみの戦列に加わり、患者に菓子一つずつでも配るとか、行動を起すべきなのを逃げている。ずるいのだ。


あるビルに用事があって出掛けた。終えて事務室を出ようとした。入ったと思う出口に立つと出口が違う。入った時よりずっと広く、ホテルのように真白くピカピカと清潔で、ドアーの上にピンクの造花が並んでいる。間違えたと壁面にそって一回りした。又その入口に来た。出入口はそこしかない。どう見ても入った所と違う、相変らず広く清潔だ。私は落しものを探すふりをし、何回も壁にそって入った口を探す、どこにもない。何回もその入口にきてしまい、ここは違うと思う。衿巻きの中に汗をにじませ、私はねずみとりの中のねずみのように回りを走り回る。皆忙しく事務をとっていて気がつかない。せめてもの救いだ。十数回回って、もう一度見上げた時、そこに長い間そのままあったように、入った時の出入口に変っていた。すすけて、勿論造花などなく狭い。私はようやく出られて、恥もかかず救われた思いがした。電車の乗口が判らなくならないかと心配になった。

二階のエレベーターの前で友人に会い話をした。友人と話が済んでも、私は友人にくっついてゆくように、エレベーターのランプを見て並んでいた。友人は七階に行き、私は一階から帰る。

「あなた一階なら階段からいらしったら……」

「はい……」

私はびっくりする。又どうして幼児でも気のつくこんなことに気がつかないのだろう。

緊張してるのに、この間抜けさが不思議でならない。私は一歩一歩そのことばかり考えて下りる。

私を正気と狂気が奪い合いしているのだ。私はどちらも沢山だ。正気でもない、狂気でもない純粋の自分の気というものを持ちたい。持つべきだ。探せばあるはずだ。

私は自分のものだ、どちらにもとられたくない。マンションの林立する底の、森林の穴の中のような家の部屋に閉じこもって、こたつに半身を入れ、寝そべって、終日とろりとろりと、何の考えからもきめつけられず、自分の眠りをむさぼり、幻視でない、自分の創造した、想像の世界に身を置き、自分だけの、自分の本当の一生を生きたいと思う。たいていの人には与えられていることなのだ。

私は風呂道具を下げて風呂屋に向う。

「私どうしたのかしら、この傷何？　……」

電車に飛び込んだ娘の、線路と線路の間まで一回転し、同時に両方から電車のくる情景が浮ぶ。腕を体に縛られて面会室に連れてこられた娘。

私も又そうなったら大変だ。駐車場の灯を連ねた下を踏みしめて通りながら、その想像をふっ切ろうとする。が、頭に吹き込まれたものは消えない。

裸になると、無意識に歯をかみしめている緊張感がふいっとゆるむ。洗面道具入れにタオルがない。

「アッ、タオル忘れた、バカねえ」

声を出して自分を叱る。皆がブラジャーを止めながら、シュミーズを頭から脱ぎながら振返る。番台から、

「タオル忘れたんですかあ」

と蓮っぱな目に、尖ったあごの中年の女が笑っている。私が何か浮き浮きしていると思っている。私は自分の声にあわてて、きまり悪く、タオルを買う。

私は部屋にいる時、声を出して自分と話をする。幻聴ではない。一人だからだ。

「そば注文して、こちらの名前言わなかった。私ってまだ抜けてんだなあ！」

「醬油出すのに、油出したわ、このバカ、おっちょこちょい、おたんこなす」

遠くにいる相手には、

「何をーっ、一つ礼儀をお教え願いたいもんで、ですって！　自分こそ礼儀知らずじゃないか、人間の腐ったのって！　あ、あ、魚よりやりきれなあい」

とわめくのだ。

私は湯舟に沈み、上がると、失敗しないようにと、大急ぎで腕を伸ばし、腹をそらし、足を投げ出して、ごしごしとあわを飛ばして洗った。先《ま》ずは半分終ったと湯を何ばいもかぶる。私はブラシから外したくず毛の束をまるめて持ち、洗い場の隅のごみバケツに捨てに立った。私は重ねた白い清潔な洗桶に、ふけで白くなった髪のくずを落してはつまみ上げ、つまみ上げては落していた。しばらくそうしていたらしい。何回目かにそれが白い洗桶だと気がついた。私はいきなり毛をごみバケツに放って、洗い場所に走って戻った。回りを見回した。誰も気がつかなかったらしい、番台の女がガラス戸の向うから、すかすように見ていたようだった。

湯舟に温まり、髪を洗おうと自分の洗い場所近くにくると、立っていた女が、台の上に洗顔石けんと石けん箱のある前で、

「ここに誰かいるのでしょうか？」

と聞いた。私は誰かが確かに座っていた覚えがあるが、いなかったような気もする。

「さあ、いたような気もしますが判りません」

私は急いで答えて、髪にシャワーを強くあて、シャンプーまみれで洗濯のように髪をこね回し、地肌をきゅうきゅうこすって、流した。いよいよ終りだ。私は湯舟で温まり、洗面道具入れを持って洗い場の戸に手をかけ、道具入れを覗くと、石けん箱と洗顔石けんがない。見渡すと、さっき、ここに誰かいるのでしょうかと指された石けん類が自分の物だった。そこに自分が座っていたのだった。私はそこに座っているさっきの女の前へ、横から手を伸ばし、ひっさらうように二つをとった。女は驚き、他人のものをとるのかという目付と、訳の判らない、けげんな顔をふり向けたが、すぐ顔を戻した。

脱衣場で洋服を着、出るまで番台の女は私から目を離さなかった。私がのれんを上げた時、ほっとしたように、

「ありがとうございました」

と言った。

恥かしさと再発の恐ろしさに下着の下を冷汗が流れた。

この状態があと一日つづいたら、自分が判らなくならないうちに、自分から、あの精神病院の檻の中に閉じ込めて貰いに行かなくてはならない。嫌だとか、窮屈だとか言っていられない。他人に迷惑をかけたり、自分の家を台なしにしてはいけない。帰ってくる所がなくなるか

らだ。いや家があっても恐らく兄弟は、今度は一生病院に置くだろう、それでも行かなくてはならない。

新しい下着と寝巻きを、三、四着そろえなくてはならないな。冷蔵庫の中のものも米も間貸しの学生に食べて貰おう。本が売れて買った冷蔵庫も一月しか使えなかったなと思う。

何言ってる！　しっかりするんだ。狂うんじゃないよ。私は声を出して自分を、叱咤《しった》しつづけて家につく。

病気を習慣にしてはいけないのだ。

あの母親の語った次男の幻聴の声がいつも浮かぶ。

「ええ忘れませんとも、空襲であなたがここでこんな姿で死んでいたと、身内の方に伝えることですね、僕一生懸命探してんです」

電話が鳴る。同病院の患者だった者だ。

「丸木さんが幻聴が聞えて入院したんだって」

幻聴という言葉はしたたかに私の頭を打った。電話の主は高調子でしゃべっている。

「駆け落ちしましょう用意していてね、と聞えて、海外に行くんだと、スーツケースに、茶わんのカケラや、こわれた人形や、柄のとれた穴のあいた小鍋や、動かない目ざまし時計や、洗濯ばさみや、古いマンガ本を一杯詰めて、入院させられたそうだよ」

電話の主は知らせるのに気の毒なふりをしながら、その行動を、もて遊ぶように痛快がって話している。

「お気の毒にね、じゃあ又ね」

まだつづきそうな電話をすぐ切った。

私は部屋の真中に片手にフキンを持ったまま畳を見すえて立ち尽している。耳をすます、幻聴が聞えてくる気がする。いや、逃げたい意志に反して幻聴を待っている気持があるようだ。聞こえてたまるかと思う。右耳はごく小さい虫が沢山鳴きさざめいている耳鳴りがする。左耳は刃物に金属が前後進して、引き切られる耳鳴りがする。段々高まりつつある。病気の時は耳鳴りが幻聴の伴奏となって聞えたものだ。耳鳴りが、いつ幻聴に変わるか判らない。しかし、いつまで立っていても言葉は聞えない。妙な物足りなさと安堵をもって、食事の仕度にかかる。再発の第一歩は食事をしなくなるからだ。

私はうっとうしい気持でガスコンロの飯の鍋に点火し、野菜をいためる。ガスだけ出して、火をつけていないのではないかと、何度もコンロの火を覗いて確かめる。

飯は口に運べば入る。野菜いためを口に入れた、何の味もしない、今日の野菜いためはどうかしている。しばらくおかしいと食べていて、終りごろ味付けしなかったとようやく気がつく。面倒なのでそのまま食べ終えた。

床《とこ》に入り、枕を両手に抱きその中に顔を埋めて、大丈夫だよねえー、幻聴はしないよねえー
とつぶやいて、胸を凍らせている。すると、

「おかしくって！　又幻聴なんかするものですか、安心してお寝みなさい」

と蜜のような男の声が聞える。私はほほえんで、

「本当！　心配しなくていいんですね、ああ、よかった！」

と眠りに入ろうとする。そして愕然《がくぜん》とする。

「何が安心してお寝みなさいだあ！　聞える限りお前が幻聴じゃないか、胡麻を摩《す》るんじゃないよっ、この悪魔め！」

私は座り直し、口惜しさに大声を上げる。

徹夜で勉強していた隣の部屋の学生が、ふすまをあけて、

「何事です、どろぼうですか、おどかしの電話ですか？」

と古い家の低いかもいに頭をつっかえそうに立って見回す。

「いいえ、自分の中のものを叱っていたんです」

「ああ、ふざけていたんですか、なんだ、僕びっくりしちゃって……」

私は精神病院から貰いつづけている一日一錠の薬を、十錠ざらざらと顔を仰向けて落しこみ、コップ二杯の水で飲み下して横になった。不眠は二、三日で病状を急変させる。

私は眠ろうと指先まで堅くしているので、かえって眠れる状態ではない。吐気がする。食物にあたればすぐ吐けるが、薬では中指をのどに入れて突いても出てきそうで出てこない。洗面器に顔を浮かせて、のどに突き上げるものに油汗を流している。薬を飲んだのを後悔する。吐気が自然に消えるのを待つしかない。明け方吐気が薄らぎ眠りに落ちた。


夜八時半、庭の音で覗くと、学生が私の干した布団を自室に入れている。

「留守だと思いました」

「いいえ何もしないでうちにいたのよ。干してもかえって湿ってしまったわ。いったい私、どうしたのかしら！　どうもすみません」

私は学生から布団を一枚、一枚受け取った。

そして気がついた。自動洗濯機に今朝放りこんだのもそのままのはずだ。覗くと洗濯機の底に衣類がへばりついたままであった。

私は今日は一日中こたつに入って、うつらうつらしていたが、こうものを忘れたことは生れて初めてだ。狂気の時もすることを忘れたことがなかった。段々正常から脱落しつつあるのだろうか、これは自分自身に聞くしかない。しかしその答えも自分のものの限り信用できない状態である。

私は何に問うたらいいのだろう。どうして私はこうなってゆくのか、他人は一分の隙もなく生きて行くのに。（医者の言葉は聞かなくとも判っている。医者の病状の説明も私には明らかだ）

私はスーツケースを棚から下し、下着と寝巻と、洗面道具とコップを詰め、冷蔵庫のコンセントを外した。

五年間の正気の生活の跡を見回した。

毎日、いんげん、トマトなどを盛りつけ、洗った皿小鉢、魚一切《ひときれ》を煮た小鍋、私は、もうお前さんたちを使いこなせなくなった。肉屋の腐った肉より劣る狂人になった。まだ挨拶だけはできるのよ、永久にさようなら……。と少し笑う。

文学賞の受賞を伝えてきた電話、原稿の書直しを命ぜられた電話、三畳からあふれ出た沢山のお祝いの言葉。お祝いのおくるみ人形。イヨネスコ全集。

昼から電灯をつけて毎日向った机、沢山の言葉が浮び、消され、書かれていった。時に絶望し、焦慮《しょうりょ》し、虚脱感に襲われた。メニエール氏病の目まい止めの薬と水の入ったコップを机に置いて、発作に備えたりした。

その絶望もここでは王冠のように輝いていた。

私の影となった、正気の自分が、そこ、ここで、飯を炊き、机上で、抱かれた処女のようなはじらいと期待で、文章の生れるのを庭の椿に目を放って待ち、床《とこ》に座って眠る為のブドー酒を含んでいる。

正常な世界に不満を持つほど、私は正常な人間ではない。どんなに最低の正気でも、狂うよりはましだ。

私は診察室にスーツケースを置き、

「すぐ、入院させて下さい」

と医者に言った。医者は二、三問診し、

「ではしばらく休んで行きますか――」

と言って、行方不明の愛犬が帰ったように、安心した優しい微笑をした。

病棟に入ると、後で鉄の扉に鍵を回す、金属のきしる音がした。毎回胸にひびいた音だったと思う。

「お帰んなさあい。長期外泊楽しかった？　……」

患者の言葉は春風のようにかるく顔をなぶってすぎた。一人も顔ぶれが変っていなかった。ここには歳月はなかった。みんな年もとらず、さざ波のような裏のない笑顔で走り寄ってきた。

小さくやせた老婆は、あの淡い火影《ほかげ》のような笑いを浮べていた。餅のように白い茫漠《ぼうばく》とした顔に、小豆の目をしぼしぼさせた娘も昔のままだ。

「誰も退院しなかったのね」

「おとといも先生に聞いたの、病状がまだ悪いからって……、小川さんが退院する前から幻視も幻聴もないんだけど……」

「私もまだまだだって。私の病気って何なんでしょう。上野公園を歩いていたら、いきなり警官に両方から手をとられて車に乗せられ、ここに入れられたの。人違いだと思うんだけど？　警官に聞いても、黙秘権を使っているの。たしかに私は一人ぽっちだったし、仕事もなく、もの欲しそうな目でうろついていたけれど……、今だに何が何だか判らないわ、売春婦と間違えられたのね、きっと」

と平たい顔に鼻の反った中年の女は、乏しい表情で、部屋の一隅に目を放った。

餅の女に聞いた。

「田舎から面会にきた？」

「兄さんが一度きたわ、うちの人たち、私のことは忘れてるらしいの」

と、顔に鳥影のような、寂しさを走らせた。

精神衛生法で入院しているこの病棟の人たちは、家族の要請があっても、衛生法で、外出も退院もできないことをみんなは知らない。

しかし諦観の灰色の静かさと、馴らされたわずかな和《なご》やかさがあった。私は養鶏場で箱から首だけ出して、食べつづけるだけの、一羽ずつの鶏をその姿に、自分の姿に見た。

幻聴と親しくて、昔のまま、もくもくと唇を動かして歩き回っている頑丈な体付の老婆と、表情の死んでる瓜のような顔の娘の二人を除いては、五十二人みんな正気だった。

「今猫が空から降り続けています、庭や道路は猫の行進で埋まるわ」

などと突拍子もないことを言う者はいない。それは小説の世界に存在するだけだ。

「外で何がうれしかった?」

「春菊を一わゆでて全部食べた時……」

「それだけ?」

「それだけ!」

「どうして又きたの?」

「何事も起さないという安心感と引き替えに、自由を売り渡してきたの――、五年間の正気の生活は宝石の小箱に納め、心に持ってきたわ」

「宝石や太陽にも、比べられないほど大切だったんじゃない」

「そうだわ」

「何とか賞貰ったでしょ、開放のHさん、庭にもの凄い勢いで飛び出してベンチの人へ、小川さん賞貰ったって本当かあーって叫んでた。Hさんも書いてるでしょ」

「間違えて貰っちゃったらしいわ、当選者役は勿論、人間役がこなせなかった。私はもともとここの住人なのよ。

みんなに大切にされたわ。人間になるとこんなに幸せになれるのだな、と思った。でも心のわけ合える人は遠い存在で、近い書いてる仲間は感情の起伏が複雑でね。私は励まして貰いながら、違和感が抜けなかった。

私、話すことが、書いていることか、それにまつわる社会的なつながりしかないから、聞かれるままに、親密さを示そうと夢中で話してるでしょ。それが相手を非常に傷つけていて、不意に話を断ち切られたり、話題をサラリと変えられて、初めて心がひんやりし、毎回悔《くや》むの。皆に温くされながら、温い友情を持てないのね。口先だけなの。でもそんなちっちゃいことが気になる。私は少し焦点がずれた人間なのね。

あなた方のように底まで、空気みたいに何もなくて、その先の先までお互いに見透せて、言葉なんかで傷ついたり、つけたりなんて、ややこしいことないでしょ。何も隠すことも、誇ることもないしね。正常人で居通すには、車よけるにも、まして人間の前で笑顔作るにも、頭使うでしょ。とてつもない、強靫《きょうじん》な心がいるのよ」

「でも私は台風の中をどこまでも前進したいなあー」

輪郭の玉子型の娘が、伸ばした両足首をにぎって空を覗いていた。毎日そうしてるのだろう。

「小川さんが退院してから芝居もやらなくなり、おひな祭りに酒カスの甘酒を作ってくれる人もなくて、もう飲めないわねってがっかりしていたの」

「看護婦さんに頼んで、また炊事場で、大鍋で何ばいも煮させて貰うわ」

「あまざけえー、ああ、五年ぶりね」

「引っ越し酒、しゃれてるじゃない、ね」

「きゅうりのぬか漬け、ゆうべ漬けたの持ってきたわ、一本ずつお上んなさいよ」

私はフーフー言って下げてきた、重い包みを開いた。

「いい匂いだ、なつかしい匂い、うちを思い出すなあ、なすの紫のつやつやしたのや、キャベツの細かくきざんだのを亭主と一緒に朝食べたの、あいつ今どうしてんのかな、人夫か、くず屋か、それとも工場の監督ぐらいに出世してるかな」

「面会は」

「一回もこないの、十年近いもの、もう嫁さん貰ってるわね、は、は、は」

地肌の見える髪をおカッパに下げ、腹に肉のつき始めた女が、不意に顔を隠して、ビニール袋の胡瓜を抱え、流しに運んだ。みんな形の崩れた昔の長いスカートや、手縫いで尻まで短かくたくしこんだミニスカートで、その後について行った。

さびがはがれている鉄格子、退屈にひしがれて皆がつけた壁の指跡、夕暮のような薄暗さ、表面のフカフカ浮いた赤土の庭、向いや両側の病棟の中で、髪や、茶や緑の服がチラチラ見える。五年前と全く同じだ。居にくくとも、ここが自分の家になったと思った。間抜けな私の幻聴はまだ、

「入院なんかしないですみますよ、安心してゆっくりお寝みなさい」

などと優しく耳元でささやいている。

私はこぶしを握り合わせ、伏せた顔に押しあてて、私の家に相談にきた人々の為に、この病棟の人たちの為に、自分の為に、何ものかに向って祈りつづけ、許しを乞うた。こぶし一つにその人々の苦悩が凝縮し、脈打ち、永久に解けないよう、きつくきつく締められた。祈りつづけてくれという人々の意志のようであった。ひとりでに涙があふれてきた。

私の両側にクリスチャンの娘がひざまずき、再入院の私の為に、一人は品を失わぬ細いうなじを折り、一人は限りなく人を許す広い肩を丸めて、胸に堅く手を組んで祈ってくれていた。

幻境

あの時既に病気は始っていたのであろうか、それは自分の意志ではどうにもできない神経の作用で、自分の視線が自分の自由にならず、見ては悪い、見ては恥かしいと思う所にかえってぴったり吸いついて、外しても外してもそこに戻るのである。

その箇所は男性のズボンのある一箇所である、自分の体が生理的にそういう興奮状態の時なら判るのであるが、頭もすっきりしている会社の会議場の、重要な会議をメモしている時とか、同業各社とお役人を招いての懇親旅行の車中などで、ひょいと気がつくと、視線は誰かのそこに向っているのである。すっかり困っていた。相手が気がついてくれないとほっとするが、気がついて恥かしそうにくるりと、向きを変えてしまうと、忽ち真赤《たちま》になって体の置場に困ってしまうのである、が、依然として天井を見上げている以外に、この神経作用からのがれられないのである。

又金に関係のあるものにも、視線がゆくのである。財布とか、ハンドバッグがそうである。

一度目まいの発作で倒れパートタイムの付添い婦に来て貰い、激しく回転する円盤に寝ているような発作で苦しんでいる時に、新聞を頭上に広げられ、枕元のハンドバッグの止金のパチンと外れる音がしていた、夢中で聞いて、それがハンドバッグの音だと気がついたのは、大工が修繕費の五千円を取りにきた時だった。既に付添い婦は帰っていたが、五千円は抜かれていた。

世の中にはこういう人間が案外多い、油断がならないと気を引締めるようになり、それが嵩じて異状な神経作用になってきた。

友達が見舞にきても、一緒にお茶を飲みながら視線はいつも友のハンドバッグから離れない。金が欲しいなど露ほどにも思っていないのに。友も不思議そうな顔で、私の視線を追うので(すっきりしたよいハンドバッグね)等と誤魔化しても、金を狙っているように思われる、困る困ると思い乍《なが》らも、視線は外しても外しても、そこにゆく。しまいには友達も気味悪そうに、バッグから財布を出して懐にしまうことになる。

又近所の刑事の奥さんと一緒に買物に行った時も、買物籠の財布に視線がゆき、歩いているうちにこの金がすられたら、自分が財布を見つめているのだから疑われるかも知れない、そんなことのないように私が注意しなくてはいけないと、益〻その状態におちいり、その人は御主人の商売柄これはおかしいと別な意味にとったらしく、とうとう籠から財布を出してしっかり握りしめてしまった。そうなると安心して視線も景色などにゆくかと思うとそうでなく、又すいと奥さんの手許にいっている。そして二、三百円きり入っていないだろう財布を狙ったと思われたことで憂うつになっていた。

私はあれはノイローゼだったのだろうと思い返している。

その後数年を経て妄想がおき、本格的な病状を現わしてきた。妄想の恐ろしいものは、残虐を極めたものであった。

私は四年間に亙《わた》り、家を二階建てにしたことを近所の人達に責め続けられたのが、発病の直接の原因となっているので、発病当時の妄想はそれを出発点としていた。

便所の天井で、近所の人が覗いている気がして、入れなかったりするようになっていたが、一月のある明方、二階の廊下で声がする。

「全くこんな狭い所に二階など建てやがって」

聞覚えのない荒い声が答えている。

「あの女っ子を殺してこの家を乗っ取ろうではないか、今のうちに殺してしまえ」

余りにはっきり聞えて、私は驚いて飛起きてしまった。タンスの中から実印と重要書類の銀行の預り証をバッグに入れ、寝巻の上にオーバー二枚をひっかけて、台所口から抜け出した。

国電に乗って弟の家に向ったが、途中ホームや道路に何となく立っている人が、待ちぶせし、追いかけている人のように思え、自動車、電車と乗り替えなどして弟の家のある駅についた。駅につくとほっとして歩き方はゆっくりになったが、途中すれ違った二人連れが振返りながら顔を見合せた。一人が人差指を左の耳の辺でくるくると回した。私は狂人になったのかしらと迷い乍ら自分の身なりを見廻した。髪もとかさず顔も洗わず、オーバーの裾から寝巻をはみ出させ、すり減った木のサンダルをひっかけている。義妹の手前にもこのままでは行けないと思い、恐る恐る家に戻り、震える手で一番上等の服を着、髪を整えて又弟の家に向った。

弟の家で、殺されそうだと言うと、四、五日のんびり寝ていったら気持も静まるだろうと、泊ってゆけと言われた。弟夫婦は共稼ぎで昼は義妹の母が来ていたが、夫婦の出かけたあと、炬燵《こたつ》に座ると、母は、

「一郎さんのお姉さんだから言うのだけれど、私も娘を一人前にするには随分と苦労したものなのよ、それを一郎さんは全然考えてくれないんだから——二階の部屋が空いたので、私の友達を入れて欲しいと言ったのよ、私もここでは一人ぽっちで淋しいのよ、それをね、知り合いを入れると管理しにくいからと入れてくれないのよ、約束した私の顔を踏みにじってしまうの。一月でも空けておいてはもったいないし、信用出来るよい人なのにどうしても駄目だと云い、口論になったらこの家は俺の家だ、思う通りにすると言うのよ、そして二ヵ月も空けておいて他人を入れてしまったの、私をそんな扱いをするんです、夜がくると妹娘の家へ逃げ出すんで

すよ」

頼るように母はこまごまと愚痴を並べ始めたが、私は後をつけられてきているような気がし、玄関と台所に耳を澄まし、鋭い目を庭先に走らせて、母の話を聞くどころか落着かない。

暫《しばら》くして母は言葉を切って、大きく目を見開らき、じっと私の顔を注視していた。

その夜床に入ると、妄想は発展して、その男はついに私の弟の所まで追ってきて二階へ上りこみ、二階はアパートになっているが、二階にいる人達が叩かれていてその人達の逃げまどう足音や悲鳴が聞えてくる。その男は二階の人達を縛り上げ二階の床板を外して、階下の私に殺人光線をあてる、当てられた所が墨が染みるように黒く色を変えて溶け始めると、メニエール氏病にかかった時直してくれた先生方が、二階の反対側の隅に現われ、私に救う光線をあてる、すると黒く溶け始めた肉体が、艶やかな肌の色に変り、形が戻って脈打ってくる。

こうして一晩中苦しみ、もう死ぬ、死ぬのだと思い乍ら夜が明ける。そしてまだ生きている自分を不思議とも思わず、生きている姿をあるがままに受け入れている。一晩中横になっていたが恐ろしい思いであった。この妄想には肉体の苦痛はなかった。幻聴幻視があっても幻覚がないからであろう。

夜が明けると妄想が変り、やはりその男が出てくるが、顔があったとすれば、どうもうな顔だということは判っているのであるが、後頭はあるが顔がない。

朝食を食べているとその男の声が聞える。お前は俺の妻になり一緒に香港にゆき、仕事を助けて速記をするのだ。すぐ速記用のシャープを持って新宿駅西口へ行け、もし行かなければ弟の家族は皆殺しだという。

弟達の、姉さんがきたのでとんだことになった、どうしよう、とおののいている声が、また幻聴で聞える。

私は死ぬことになるかも知れないが、私一人行って皆が助かるのならと、外出の仕度をして母にいった。

「さようならお元気でね、長いこと御世話になりました」

義妹の母は不安な面もちで見送っていた。

新宿駅につくと（西口、西口、西口へ行け）という声が間断なく聞える。西口へ行った私は改札口でまっていた。よいお天気なので、西口には明るい表情の人々があふれて、にぎやかに通っていた。あれかこれかと一人一人男を目で追うが、陽溜りの中を私を見ずに通り過ぎてしまう。三歳位の女の子を連れた夫婦が通ったが、その後についてゆけと声が聞える、慌《あわ》ててその人達についてバスに乗ると、途中でバスを下りて新宿に戻れと聞える。バス一つで道がふさがる、埃をかぶった古い住宅街の狭い間に下り立ち、長い不眠のためふらつく足で、急いで反対側に廻り、新宿駅に逆戻りして日暮まで立っていた。元会社の同僚が「誰を待っているの」

と私の肩を叩いて駅へ急いで消えた。香港に連れてゆくという人は、どうして現われないのだろうと思いながら、駅を離れ、近くの映画館に入った。横の女に指令を受けているように思え、その女について出たが、女は人の影もまばらな夜ふけの大通りを、足早やに遠ざかり、私は道に取残された。疲れて遅く弟の家に帰った。

弟夫婦は帰ってきた私を見て、安堵し何処《どこ》へいっていたのだろうと話し合っていた。

二日目の夜の妄想は、私の家の近所の人達が弟の家をピストルや日本刀をもってとり囲んで、私を殺そうといきり立っている。私は隅に小さくなって震えていると弟が言った。

「寒いんだろう炬燵で温りなよ、姉さん」

「こわいのよ」

「何もこわいことないよ、俺がついているから、温って少し寝なさいね」

「私が寝たらみんな殺される、私一人で皆を守ってやるわ」

私は今度は息巻いて狂い立つ、弟は観念して床に入ったが、私は弟が着せかけてくれたどてらを引きずりながら、家の隅から隅へ走り廻り、刀の尖《さき》やピストルの筒口を避けながら敵を弟達の寝室に近づけまいとする。その明方、幻視でついに弟夫婦まで自分を殺そうと、押入れから隠していた刀を二人でとり出すのが見え始め、「助けてえ――殺される」と裸足のまま弟の家を飛出し、灯りのついている、ある家の玄関に飛込み、台所からねぎを片手に顔を出した女を退けて、廊下を走り、「助けて下さい、助けて――」とずかずか寝室に上りこんでしまった。半身を床の上に起して、寝室の男の子二人は、驚いて目をまんまるにしていた。寝室の窓の外を、私を探してゆききする妄想の黒い人影が見え、私は畳に顔を伏せて息をひそめている。

弟が追いかけてきて玄関先で言っているのが聞える。

「頭が少し悪いのです、いや本当にそうなんです、入院させる手筈《てはず》になっていて、ここに病院の住所書きを持っています。また後でお詫《わ》びにお伺いしますが、実に申し訳ありません、全く急に頭がおかしくなったのです」

弟が私の手をとろうとすると私は振放し、銀行に預けてある、重要書類の「受領証」を差出し、手を合せて拝むと言った。

「あの家をあげるから殺さないでね、お願い」

弟は涙を光らせながら私の腕を引張って抱きかかえると、その家の人達の呼んでくれた車に皆で押し込んだ。病院に運ばれながらも、幻視で走っている車の上に登り、道一杯になって追ってくる殺人者達が見え、車から必死に逃げ出そうと身構えるのを、弟は寒空に汗を流しながらしっかり抱えこんでいた。私は幻視で、メニエール氏病の時入院した病院の玄関で、先生方が私を救おうと待っているのが見え、すがるような思いで、

「運転手さん、新宿にやって下さい」

「はい新宿ですね」

「方向が違うじゃありませんか、新宿ですよ、新宿、新宿にやって下さい、お願い」

と必死に言い続けていた。

精神病院に着くと、同時に、車の外から日本刀で背中を突かれ腹に切っ先の見える妄想があり、車から出ようと焦るのだが、本当に体は立たず、

「さあ下りよう姉さん」

と言われても動けず、弟が引出すと、長く地面にのびてしまったままになった。

病院の中から看護人がばらばらと四人出てきて、手足をとって中に運びこんだ。暫く弟が診察室に呼ばれていたが、やがて長椅子に横になっている私を、看護婦が迎えにきて、私は半身を起した。

「さあ、起きましょうね、立てるでしょう」

今度はしゃんと立てた。

「気分はどうですか」

先生に聞かれた時、私はやっぱり狂人になったのだなと、どういう訳かこの時間だけしっかり悟り尋常に聞いた。

「何ヵ月位の入院で直りますか」

「三ヵ月位ですね、では」

先生が看護婦に目配せすると、私は鍵の扉の病室への通路に連れ込まれた。鍵をかけられる時振返ってみると、遠い廊下の端に弟が凝然《ぎょうぜん》と立尽して、私の後姿を見送っているのが見えた。弟の血圧は大丈夫だろうかと、思いながらなかに入った。

私が部屋に連れられて入ると、みんなは広い座敷の病室で箱折作業をやっていた。

「皆さん今度いらしった山形みち子さん、親切にして上げてね」

看護婦が言うと、パーマをかけていない髪を断髪にした人達が、一斉に振向いた。

「いらっしゃい、どうぞよろしく」

「よろしくお願いします」

明るく笑顔で迎え、見たところおかしいと思える人は見当らない。私はその片隅に寝転んで休んだ。

休んでいると又妄想が私を捉《とら》えた、体中に各国のテレビが写し出されていて、私の体を全世界のテレビが中継体としている。私の体一つを写すことによって、全世界の人が全世界のテレビを一度に見られるのである。足の裏には、インドのターバンを頭に巻いた人が、パキスタンの非を鳴らしているのが写っている。お腹の内臓一つ一つにも、それぞれイギリスではイギリス女王が、又フランスではカンカン踊りが、スイスでは湖上で水上スキーを楽しむ人が写っているといった具合である。顔には目鼻口をちりばめたまま、その中に歌舞伎が写し出されていて、それらが全部カラーできらびやかで美しいのである。奇妙な植物の下での珍妙な土人達の踊り、海底の炎の様な海草の中で、人魚のような海女達の集り、といった小さいテレビの枠が、体にびっしり目白押しに並んでいるのである。肺に写っているイギリス女王の王冠は肺が脈打つ度に、きらりきらりと輝やくのである。私はトイレットに行きたいのを、ぎりぎりの時間まで我慢して、横になったまま、世界の人に見せているつもりなのである。丁度横になっている真上の、屋根裏に装置があると思って、その場所を動けないでいる。世界で只《ただ》一人の特種な細胞をもった人間として、重要人物に成り上っている。その得意さは言葉に尽せない。

三日目の夜の妄想は又変った。鍵のある部屋に閉じこめられて、近所の人に四隅から火をかけられて焼かれる、段々に燃え広がってくる火から飛出して逃げようとするが鉄の棒で突き返される。転がって逃げ回りながら真黒に焼かれている。炎の中に骨だけになりながら目だけ光らせている自分が見えて、まだ生きているからもう少し焼かなくてはという声が聞える。死にきれるまでどんなに苦しむだろうと思いつづけて、夜が明ける。この日は薬が利いて、きちんと一晩中床に横になっていたが。

このあと強い薬を一日に三回、一回二十一錠も飲まされて、妄想さえ浮んでこない、深い深い眠りに三日三晩落ちた。

四日目に先生に起された。

「今日から床を上げましょうね」

目を開くと狂気の時と同じ部屋のたたずまいではあるが、まさしくそれはそこにあるだけで、動かし難い実在感を持った正気の世界であった。座ってみると、正常に生きていた時の空気がそこにある。火の気のない部屋に毛布にくるまって寝ている人達、花札をしている人達、何の変哲もない眺めである。日常馴れ親しんできた普通の人達がいるだけである。ここにテレビの中継装置があるなどと、どこからあの滑稽《こっけい》な映像が浮んできたのであろう。眠りを境とした、紙一重もない正気の世界に簡単に戻って、驚いていた。そして正常に戻ったことを喜んだ。しかし戻ってしまえば喜びは瞬間に去って、生きてゆくことに又一つ、精神病という足枷《あしかせ》が加えられたことを知り、気持が沈んでゆくのであった。

先生は私の頭の中を読むような目つきで、言った。

「作業が出来ますか、出来たら今日からやってみて下さい」

一週間経ったが作業も出来ない、本も読めない編物も出来ない、すぐ嫌になって十分と続けていられない。何もかも病気に取あげられてしまって、どうして消したらよいか判らない、長い長い時間だけがある。

歩いても二十米《メートル》の廊下はすぐ鍵のかかっている扉につき当ってしまう、部屋に座ってもすぐ飽きてしまう、うろうろしながら時計を覗いては時間に一区切つく、食事時間を待つのである。社会にいる時は、幾らあっても欲しい時間が、こんなに退屈な厄介な苦しいものになるとは思わなかった。ばっさりこの辺で、自分の時間というものを永久に裁ち切ってしまいたくなる。

鉄格子の窓から、冬の陽射しの中の、ツンツン空を枯枝の先で突いている雑木林に添った、僅《わず》かに見える道を見て、あの道を何時《いつ》又歩けるようになるだろうか、あの道を今度通る時は死ににゆく時ではないだろうか、もう再び社会に戻って生恥を晒《さら》したくないがと、心に悲しみを刻んだ。

「みち子さん問診ですよ」

看護婦が勤務室から呼んでいる。

勤務室に入るとすぐ鍵が閉められた。先生が机の側の椅子を引いて招いた。

「弟さんが、貴方《あなた》が殺されると言っていたと言いましたが、どんな風に殺されそうになりました」

「いえ、あれは妄想でした。今は判ります」

「なぜそういう妄想が起きてきたか、原因が判りますか」

「近所の人との不和です」

「どういうことがありましたか」

「私はメニエール氏病で六年間寝たり起きたりの生活をしました。それで会社を辞めてしまい、その後の生活の基盤とする為、家をアパート式の二階建に直しました。

二階建にしかけた時、私の家は狭い土地にありましたので、日当りが悪くなるからと、三軒から文句が出て、まず裏の家から、取止めにするか、三十四年で十万円ずつの補償金を出すか、どちらかにして欲しいと談じこまれました。勿論病気中ですし、女一人の生活ですから、二階は二部屋建増しするだけでした。それでお金はぎりぎりで余裕はありませんでした。将来のことを考えると建増しする以外に、生きる手だてのないことを知り、申しわけがないし困ってしまいました。仲のよい刑事の奥さんに相談しましたが、間もなくその奥さんが刑事の奥さんと一緒に来て（私、そんなことを言いに来ませんでしたよね）とうらはらなことを言います、私はそれで納まればよいと思い（ええ、そんなことは言いませんでしたね、私の勘違いです）と言いました。一応これで納った形になりましたが、それがかえって反発を招き問題を重ねてゆきました。

同じ建売の住宅の十一対一の対立となり、私道に垣根をしてふさがれたり、留守の間に、剝がされた板が玄関に立てかけてあったりし、上水道が通される時少し経って下水道が通される時は、その人達に、まだ仲直りはしていないからとか、色々業者を通じて言われ、冷汗を流して頼みこみ、半ば強引に業者に通させる個所や、場合もありました。当然のことですが、やはり苦しみました。

又整地せずに、畑だったゆるい斜面に建てられている家々には、雨が降ると水が、家の前の私道を、浅い小川のように流れます。水は順々に私の家より高い隣りからきて、下に流れてゆくのは仕方がないと思うのですが、二階建にした時から不満を持ち続けていた、下方や横の家の人達は、私が家を留守にするとその間に、私の家の私道の土を削って、それを自分の家の前に盛り上げて水を止める。夜は垣根を越えて忍びこみ、庭の土を削ってゆくのです。水は家の前に溜ってしまい、汲取便所に水がだぶだぶに入りこんで、土台が腐らないかと、心配になってきました。毎朝少しずつ削られている跡をみて、女一人と思ってと、独身のひがみも手伝ってそうはさせじと、夜中何回も窓を開けてみたり、何回も砂利を買入れて、益〻高くする、益削られる、と、私は段々自分が日照権を奪ったことを忘れてゆきました。水ぐらい我慢すべきだったのです。ついには水そのものより、意地だけの張り合いになりました。近所の人達も堪忍袋の緒を切ってしまいました。

発病の直接の原因となったのは、電流のようなものをベッドの側の壁の外から流され、逆流し、床は座っていられない程、気持悪く震動し、昼夜眠らせないようにされたからです」

「部屋を借りている人達がいるのにですか」

「部屋を借りている人達は昼はいないのです、間借人の出入口は外階段と、下は真裏の木戸から出入りできるドアーがついていて、私の部屋から出入りは見えません。私は間借人から合鍵を請求されて持っていませんでした。間借人は鍵を回りの家に預けていました。夜は借りている部屋を空けて、回りの家に泊りにゆき、代りに回りの人達が交替で入りこんで仕掛けてゆき、上下三方の部屋からそのようにされ、部屋にいられませんでした。効果的に短期間で、私を追い出そうとしたのです。目まいの発作の時は一日中、横になっていなければならないので、とても辛いものでした。その不眠と緊張の連続で発病しました」

「何故《なぜ》、貴方の家の同居者は、近所の人の方に協力する必要があるのです」

「始めは部屋を借りている人達も私に協力していました。協力したので同じように眠れなくされました。眠れなくて困ると言い、それで辛くなり、向うに協力することを誓わせられるとそれに応じました。私がなじると、何にも知りませんと涙を浮べるばかりでした」

「今思い浮べてみて、病気だったのではないかと、ふっと思うことはありませんか」

「事実あったことなんです、病気ではありません、小中学生の姪が二人泊った夜、その音と響きはこのへんから来ていると、二階の一角に当る天井を指して、教えてくれました。又弟が泊り、私のベッドに寝た時も、ベッドの天井で一晩中ブルブルと凄く響いているのは何だ、と聞きました」

「そんな大変なこと、知っている人が沢山いる訳ですね」

「知っている筈《はず》なのに、皆知らないと言っていました、勿論村八分で、近所の誰も口を利いてくれませんでしたが」

「おかしいと思いませんか」

「いいえ本当にあったことなんです、私をかばってくれた家でもされて、座ってテレビが見ていられないと、私に言っていました。そして私から離れてゆきました」

「判りました、今日はこれで結構です」

「先生、一回二十一錠もお薬を飲んでいるのですが何もする気も起きず、夜昼となく眠く、歩きながらもうつらうつらし、壁に顔を打ちつけたりしています。手も後に回らなくなりました。どういう訳でしょうか」

「薬の副作用の場合もあります」

「お薬減らしていただけないでしょうか」

「我慢して下さい。病気を直す為ですから」

「私今は正常だと思いますけど」

「いいえよくなっていません」

「今お話したことは事実なんです、弟の家に飛出していってからは病気です、自分でよく判っています」

「判りました、今日はこれで、後で又話し合いましょう」

　私は語り尽せない心に残っているものを、無理に飲みこんで勤務室を出た。


　長い時間の朝を又迎えて、吐息をついていた時、田口さんが髪をふり乱して、壁の角に何回も頭を打ちつけ、血を額にしたたらしているのが見えた。

「この頭、この頭が悪いのだ、口惜しい」

　看護婦がとめても手を離すと又始める、とうとう男の看護人が呼ばれて、足払いで倒されて、太い紐で布団に巻かれてすまきにされ、座敷に丸太棒のように転がされてしまった。傷口の髪の毛を切って治療され乍ら、拭けない涙を布団にぼとぼとこぼした。

「何もかも駄目になっちゃった。死にたい、死にたいのよ」

　萩井さんが私に耳打ちした。

「皆で庭に出された時ね、田口さん看護婦さんの隙をみて走り出し表通りの自動車に飛び込もうとしたのよ、もう一歩というところで看護婦さんに押さえられたけれどね、妹さんが結婚するまでは退院させられないって、お父さんが譲らないのですって、お母さんは退院させたがっているらしいけれどね、もう三年位入っているのよ」

「三年も」

一月経った自分には、その一月が、何と長く思われたことか、私がそうなったら、どうして三年間を過そうかと今から思いあぐねるのであった。

「看護婦さん看護婦さん」

男子病棟で呼ぶ声がする。ざわざわとざわめきが聞える。看護婦が素早く走っていった。看護婦と応答している上ずった声が、断片的に聞える。

「格子が外されている、脱院です！」

「菅原と小野が居ないんです、皆食事に行ったあとですよ」

「そう言えば食事の時見なかったな」

院庭からばらばらと白衣の看護婦や看護人の駆けてゆくのが見えオートバイも二、三台走り出して行った。この病気で、正常な人達には考えられない程、絶望しているので、自殺のおそれがあるからである。電車に飛込んだり、林で首を吊った前例があるのである。自分では不必要な命でも、自分にかかわり合った他人には、是非ともまだ必要のある命なのである。又死ぬ気でなければ、まず金、生きる為の食事代、足代がいる、然《しか》しお金は持たせられず、時計も持たせられていない、靴さえも鍵の戸棚の中にある。生死いずれにしても行く先は暗い、当直だった看護婦は蒼い顔をしている。

夕方引取人に電話したが、そこにも帰っていないということであった。みんなホールの石油ストーブにあたりながら、お腹は空いているだろうに、どうしているだろうと語り合った。

一週間程経って、脱院した菅原さんと小野さんは前後して病院に連れ戻されてきた。部屋にはストーブがないので、ホールに皆集って菅原さん達の脱院の時の話を聞いた。

菅原さん達は自殺したいとまでは思い詰めていなかった。

只鍵の中に閉じこめられてどうにもやりきれなく、何としても抜け出したいという反発と、毎日毎日格子の中から覗いて、あの道を歩いて自由に行きたい所へ行き、好きなものを飲み、食べたいものを食べ、パチンコでもいい、面白い遊びをしてみたいと思い続けていた。ここでは美味しい物を取寄せて食べることや、買物に出ることが許されていない、万事不自由なので、社会の人々のこうした日常茶飯事も、素晴らしい豪華な生活のように甦ってきて、矢もたても堪らず、脱院した。

看護婦が皆を二列に並ばせて食堂に連れて出てゆき、鍵をしめた音を聞くと同時に、隠れていた押入から出て脱院の実行に移った。

菅原が木の格子の腐れかかっている一本の根元を力一ぱい蹴飛ばすと、案外わけなく外れた。そこは横に桟が渡していないので、体を横にすると、するりと抜け出た。二階であったが夢中で窓から飛下りた。小野も飛下りた。足首を痛めたが関っていられない。一散に走り出した。駅への道を行っては必ずつかまってしまう。反対の方向へ小道を縫い、塀に身をひそめ、林の中を走った。一時間程走ったが追手の姿が見えないので、安心して広い道に出て、今度はゆっくり歩き出した。自動車が風を起して後から次々と追い抜いてゆく、電車に乗りたくても一銭の金もない、お金がなくては矢張り自由ではない。只歩く以外に手はない、五時間ほどテクテクと歩いてふと、傍の道標をみると、埼玉県川越市と書いてある、随分遠くまで歩いたものだと思った。

もうお昼も過ぎている。追手がこないと知った時、昨夕から食べてないお腹が、すっかり空いているのに気がついた。葉を落した、年輪を重ねた太い樹木が林立する中に、回り縁の腐って欠けた、古い小さい神社があった、さいせん箱をひっくり返してみたら、チャリンと優しい音がして十円玉一個と五円玉一個が出てきた。それであんぱんを一個買い半分ずつ食べた。何とか夜までに食べる算段をしなければならない。

道より高くなっている畑の端に腰を下すと寒風がオーバーを着ていない肌を通り抜けて腹の底から冷えこんでゆく。灰色の空の下に色とりどりの屋根を見せて、家が畑中に散在しているのが見え、その先に小さい駅の庇が見える。

田舎の駅のホームの柵を乗り越えて、横から入った。幸い見つからない。車中で無銭乗車が無事に通ればよいと、駅名を一つ一つ覗き乍ら早く目的の駅につかないかと、ハラハラし通しである。新橋の駅につくとラッシュの人波に紛れて、改札口を一散に走り通った。巧くいった。小野とはそこで別れた。

新橋の通りを歩いていると、ボーイ募集の札が貼ってあるレストランがあった。すぐ採用になった。しかしその時はボーイ達の夕食は済んだ後だったので、とうとうその日は食事にありつけず、客のたてこんだ店中を、美味しいものを両手に乗せて運んだ。客の残した肉を口に放り込もうかと、何度も思ったが、入ったばかりでその勇気もなく、疲れと空腹で座りこみたくなる体で、痛い足を引きずり乍ら、汗を流して働いた。

一週間働いてその店を辞めた、ガード下の為に殆《ほとん》ど眠れなかったからである。精神病になると不眠症が伴うので、健康人のようにすぐ眠れないのである。千八百円貰っておばさんの家に帰った。そして翌日病院に連れ返された。

今日は赤木さんは朝食にも行かず便所掃除をしている。患者が当番制ですることになっているので、当番にあたった人が行って終らせても、何時までもタイルにバケツの水を流している。部屋につれてくると、

「是非話したいことがあるのだけれど、貴女《あなた》なら判って貰えると思う」

と膝をつき合せて座り、二時間も本題に入らずこの言葉を繰り返している。私は聞いていて疲れてしまい、洗濯物を干しに行こうとすると、私の手から洗濯バサミを掻きとり、しっかり握って物干場までついてきた。赤木さんは寒風の中で（聞いて欲しい、聞いて欲しい）と言いながら洗濯物を干している。心の中の悩みを言い表わす言葉を既に失ってしまったのであろうか、その日のうちに監禁室に移されていった。

六日目に赤木さんは手術室で死んだ、手術を受けた訳ではないが、死の可能性があると手術室へ皆移されるのである。直接の病因は心臓の病気だということであった。私は病状からのみ赤木さんを理解しようとし、病気の重さばかり考えていたが、それを含めて、先ず人間として接して上げるべきであった。何とか話を引き出して聞いてあげるべきであった。しかしもう遅い。悔《くい》が私の胸に突き上ってくる。ある人は御主人との間に悩みがあったのだろうといっていたが、御主人も子供もいない精神病院の片隅で、誰にも見守られず一人ぽっちで死んでいった人を思う時、誰かが言っていたように、本当に煎じ詰めれば人間は皆孤独なのだと思うのであった。

始めて病院の映画を見た、上映前には盛に拍手が起り田舎の映画館を思わせた。伴淳の「団地親分」という喜劇に笑い声が時々ホールを満たして、楽しい雰囲気であった。

ところが映画にとけこんでいた私に、突然手足の筋肉から動きが突き上げてきて、押えていると苦しくなり、手足を動かし続けていないと時間の持てない、体の状態が起きた。小さい椅子に納っていられなくなり、そっと立上って、壁ぎわをゆききしながら見ていた。塩見さんも同じらしく、立ってくると私と一緒に歩いていた。看護婦が見つけて、二人の肩を無言で押してくると、椅子の上に肩から叩き込んで座らせた。叩き込まれても五分とそのままでは居られないので、

「トイレへ一寸《ちょっと》」

と言いながら隅の便所の前に行き、そこを又歩きながら二人で見ていた。

私はその夜からこういう状態が起るようになった。静かに眠りに落ちるのを待つということが出来ない。眠くって頭は眠っているのであるが、体は動かされ続けて、床の中に横たえておくことが出来ない、堪えきれずこっくりこっくりと居眠りしながら廊下を歩き廻るのである。そのうち疲れ切ってしまい、倒れて一時間程眠るが又始まる。一晩に二、三回廊下を歩くのである。火の消えた廊下は寒く、肩先は冷たくなってしまうのである。辛い毎夜ではあるが、早く鍵のない開放病棟に移して貰いたくて、先生にも話せないでいる。

ふた月程経って二度目の問診があった。

先生はカルテを開いて言った。

「近所の人達に色々されましたね、それを、今考えてどう思いますか」

「私が愚かだったと思います。いきなり刑事さん等に話を持って行かず、話合いにもってゆくべきだったと思います」

「いやその先の話です、現実にあったことと思えるか、どうかと言うことですがね、自分一人でそうだと思い込んでいたと思いませんか」

「事実なんです。正常な精神の時にしっかり見たことです、砂利屋から買った領収書も三枚あります」

「砂利は買ったでしょう、だが誰にも削られないのに、そう思ったのではないですか」

「いいえ、それでしたら家の土台は砂利で埋まってしまっています。本当にあったことです先生、そうした事柄が寸時も私の廻りから去らず、とても苦しんだのです、それで病気にまでなってしまったのです」

「夜中に土を削ったり、電流を使って響かせたり、そんな暇人がいると思いますか」

「昼夜をわかたず、どんなに忙がしくても、意地を通す為に、これだけは絶対にやり通して見せるぞ、という気持が、私にはっきり伝わってきて私を震えさせました。とても常識では考えられないことをされたのです、されるだけの理由が私にもありましたけれど」

「土を削られた跡などどんな風になっていました」

「小さいシャベルで堅い表面を掻きとった跡が沢山見えました。現実に太陽の下で見たのです」

「君の話を聞いているとこちらも混乱してしまいそうですよ、弟さんに相談して見ましたか」

「弟に話しました。でも弟の来ている時は何もされないのです。それに三月に一回位昼だけくるので、苦しい実情がよく判って貰えないのです。又、触れると益〻私が、近所とのトラブルを深めてゆくと思うのか話をさけていて、ただ一言、やられているのは判っているが、証拠のないことは言うな、と言われました」

「弟さんが本当にそう言いましたか、言うわけはないと思いますが、僕はその時既に病気はあったと思えるのですが、それがはっきり自分で判るまでは、やっぱり治療しないといけませんね、今日からお薬をもう少し増やして見ましょう」

「あのーお薬が又増えるのですか、みんながお薬の副作用でないかと言うのですが、夜、床の中に落着いていられなくなったのですけれど、幻聴も妄想も全然ありませんのに、体に動きが突き上げてきて、堪らなくなって廊下を夜中歩いてしまうのです、入院当時はこんなことはありませんでした」

「多分、お薬の副作用ですね」

「それで又増えるのですか、先生とても苦しいのです、どうなるでしょう。麻雀をしていてもそれが始まると、立ったり座ったりしながらやっているうちに、どうにも辛くなりやめてしまいます」

「少し我慢して下さい。病気を直す為ですからね」

「病気ですか、今、私、とても正常ですけれど」

「いや、そう言っている時はまだ正常じゃあないのです」

「？　――」

「じゃあお部屋に帰っていいです」

仕方なく私は立上った。

私はこの病気にまで追い込まれた様々の苦しみを、総《すべ》て病気と片づけられて、医者にも理解して貰えない淋しさに、隅に一人座り込んでしまった。

萩井さんは小柄ながら太った体を寄せてくると、心配そうに細い目をしばたたかせて聞いた。

「ね、どんな問診があったの」

「家であったこと飽くまで病気だと先生はいうのよ、誰にも信じて貰えないのよ」

「でも始めのうち殆どの人が妄想を、自分のことだけは本当だったと言うわよ」

「事実なんだけどなあ」

「貴女判っていないのよ」

「妄想のところは妄想だったと私言っているのよ、判っているのよ」

「もう少し経つと貴女にもはっきりするんじゃあない、今は余り気にしないで、元気を出して、ねえ、コントラクトブリッジでもしましょうよ」

「ありがとう、少し一人にしておいて」


私は昨日あんまり考え過ごしたせいか今日は頭が痛み出し、こめかみを押えてみるが効果がない。寒気がしてきたので風邪薬を貰い床についた。

格子窓から見える松の疎林の梢に春近い陽が溢《あふ》れ、雀が二羽追いつ追われつして枝を飛び交している。深夜一つだけ光る星はあのあたりだったなどと思ってみている。

クリスチャンの患者が「神様のお恵みがありますように」と蜜柑二つ、萩井さんはリンゴの皮を剝いて枕元においてくれた。心遣いが嬉しく素直な気持になっていた。ホールから小学唱歌や流行歌など、全員のコーラスが聞えてくる。

毎日、入院して今日でふた月に十日という風に、日数を数えて、退院出来る日を待っていた。退院したら暖《ママ》かいラーメンを先ず食べてみよう。そして次には厚いカツを食べよう、閉じ込められて外界と完全に交渉を断たれて、最初に考えるのは、たべ物のことである、入院していらい病院の味気ない食事以外食べていないので、子供のように美味しいものに憧れている。次には好きな果物を色々と買い、色の美しいスカートを一枚買おうと楽しみにしている。

退院予定日として待ちに待った三月目が近づいている、しかし一向に薬は減らない、減らないどころか増えている、退院予定者が廻される開放にも廻して貰えない。編物を熱心にしている人が開放に廻される可能性が強いと、先生の見える時だけ編物をしている人達にならって私も編物をし、仕事に没頭出来るところを見せようかと考えたりしていた。

いつものように先生が病室を廻って、一人一人に聞いている。

「お変りありませんか」

「先生退院はまだでしょうか」

「外出、外泊はまだ許して貰えないでしょうか」

みんな先生に聞くことは毎回決っている。先生の答えも決っている。

「まだですね、もう少しね」

私はふと考えた。

私が経験した近所の人との間にあったことは、自分にも真実だと証明できる証拠がないし、医者にも真実でないと証明するものがない。真実は真実として見えない所に厳として存在している筈だ、それにそって生きたいのが人間である。だがその真実も言葉でしか姿を現わされず、言葉によって真実の姿を現わしもし、虚構にも変形する。何が真実で何が虚構か、今の私には証明できない。それ程頼りないものにすがって生きようとすると、自分が滅びてしまうしかない。事実であろうとも、病気であったと言うことにしても、自分の気持さえ整理出来ればどうということはないのだ、一日も早く薬が減って楽になり、早く開放病棟に廻して貰い、一日も早く退院した方が利巧だと考えた。

「随分痛みますか」

先生は私の額に手を置いていった。

「先生、今日はっきり判ったのですが、昨日お話ししたこと全部病気でした。病気だったことを事実だとばかり思っていました」

先生はついと手を引くと言った。

「君、おかしいじゃあないか、昨日まであんなに病気じゃあないと頑張ったのに、今日、先生の言う通り全部病気でしたという、そんなに急に判る筈がない、誰かに入知恵されたのでしょう、どうして昨日まで事実だと思ったことが、今日は病気だと判ったのです。その理由を言いなさい。どうしてだね」

問い詰められて絶句した。準備のないまま切り出したので答えようがなかった。

「あのう――目が覚めたように――」

「まあ、まだ君はそれが全部病気だったとは、思っていないよ、事実だと思ったり病気だと思ったりしながら、よくなるものだからね」

先生はそう言って、隣りに座っている患者に歩を移した。

病気ですと言っても受付けられず、どこまでが事実か証明し教えて貰いたいが、教えてくれる人もいない。結婚もせずに一人で人生を渡ってきた自分が、今程哀れに思えたことはなかった。

案外世の中とはこんなものかも知れないと、悟るつもりになるが、それでは心の痛みが柔らがず、その痛みを理解してくれる相手が一人でよいから欲しいと思った。

三月も半ばになった。春を知らせるにしては情緒のない土ぼこりの風が、空を黄色くし乍ら、庭を渦巻きつっ走り、容赦なく窓の隙間から入りこんで、畳の上をざらざらにしている。各部屋で一せいに、水道と部屋を往復して畳を拭いていたら、新しい先生が来ていると一人が知らせてくれた。雑巾片手に勤務室へ覗きにいった。髪に癖をつけずおかっぱの先を一寸内巻きにした、作られた品格を思わせるが、若い美しい女の先生であった。今までの私達の担当の先生は、院長と肌が合わないという噂を裏書きするように、急に辞めていっていた。

二、三人呼ばれた後、私が問診に呼ばれた。顔の割合に厳しい声だったので、とまどって両手を握りしめた。（ここは何の病院か知っているか、今日は何年の何月何日か）などと聞かれたあとで言われた。

「今考えて近所との問題のあったこと、どう思いますか、まだ腹が立ちますか」

「いいえ、病気だと気がつきましたので、腹は立ちません」

「もう事実だと思うようなことは、ありませんか」

「はい、もう思うようなことはありません」

「では、大分状態がよいようですから、少し経ってみて、もう一度問診してよかったら、開放病棟へ行きましょうね」

「はい、よろしくお願いします」

開放、開放、私は会社で役付にでもなったような感激で、この言葉を繰返した。この足であの土を毎日踏めるのである。鍵のない部屋に住めるのである。近所とのことは事実であろうとなかろうとそんなものはもうどうでもよい。

「私もう一回問診してよかったら開放行きですって」

部屋に入ると皆を見廻して大声で言った。

「あらあ――いいわねえ、私より遅く入ってきたのに」

「私も行きたいわ」

みんなに口々に羨ましがられ、参考にする為であろう、どういう問診があって、どう答えたかと、根掘り葉掘りきかれた。二、三年この病棟から出されずにいる患者の十数人が、遠くからこちらの騒ぎをじっと見ていた。その人々は長い間を、どんな思いで開放病棟に行く人々を見送ってきたのだろう、私一人で喜んでいていいのか、あの人々は永久に開放に行かれないかも知れないのだ。私は口を閉じた。

当り前のことであるが、病院にはよくなる人もあれば次々と又重症の人も入ってくる。

ある日新患者が二人入院した。

一人は時々ちらりと目を開くが、一日中額に縦じわを寄せて目を閉じ、顔を仰《あお》むかせたまま歩いたり座ったりしている。歩く時は仰むいたまま両手を差し出して、車を押す様な恰好で歩いている。その為に敷居につまずいて転んでしまう。廊下で看護主任に両手をとられ向い合って歩き乍ら、目を開いて歩く練習をさせられていた。

「貴女の目は何でもないのだから、あけて、あけて」

主任が頰を軽く叩き乍らいっている。患者は一寸薄目をあけてみるが、すぐ又閉じてしまう。苛々した主任は閉じた両眼を両手の二本の指で押し開き乍ら、向い合った形のまま一緒に歩いていた。

「閉じて歩いては危いでしょ、開いて開いて」

何とか目を開き、顔を真直《まっすぐ》にしようとしても、目が開いていず、首も後にそっくり返ってしまう患者と、一挙に平常に戻そうと焦る主任との戦いであった。ついに主任は根負けがしてしまい、「どうしても駄目だわ」といいながら看護室に引返していった。

もう一人は、病院中に響く、死に追いつめられた動物のような叫び声をあげて、廊下の一方の壁から一方の壁へ飛んでいっては逃がれようと縋りつき、すぐ引返しては反対の壁に飛びつき、凄まじい勢いで走り廻っている。追いかけられたねずみのようである。毛布を被って一日中横になっている患者も驚いて起きてみている。

やがて注射をされて眠ってしまっていたが、きれると又始める。そしてあくる日監禁室に移されていった。

青柳さんは菓子や果物を、お買物の日（月二回だけ、指定された品種のうちから日用品や菓子を買って貰える）に沢山食物を買い込み、殆ど食べずに溜めておく、牛乳、玉子等も毎日とっていて、牛乳にも玉子にも日付を書いて、食べずにロッカーに一ぱい並べてある。そして時時戸を開いて満足そうに眺めている。腐れかけた果物も入っていて、一種異様な臭気が部屋中に流れている。

ある日悪くなってはもったいないと、その患者が部屋にいない隙に、みんなでよってたかって、溜めてあった菓子を全部食べてしまった。皆一回三百円だけ買って貰える菓子だけでは足りなくって、お菓子に飢えているのである。日頃おとなしい人も真先に食べていた。

青柳さんは部屋に戻ってきて、ボロで大切に幾重にも包んであった菓子の包みが見えないので、ロッカーの中や、回りに重ねてある風呂敷包を引掻き廻して捜している。皆ひっそりと見守っていた。食べて失敗したという気持を既に顔に浮べている人もあった。いつも男ズボンをはいていてスカートは大嫌いという青柳さんは叫び出した。

「おかしい、菓子がないよ、誰かとったろう……とったやつは誰だ、泥棒、ここには泥棒がいるんだね、菓子を返せ……畜生、調べてやる」

手荒く皆のロッカーを片っ端から開けたてし始めた。看護婦が聞きつけて飛んで来、そのあと先生も続いてきた。落着いた先生の雰囲気にふれて、青柳さんはやや静かに言った。

「先生、私のお菓子を誰かが盗んだんです」

「盗んだ人などいないでしょう、どこかに置き忘れたんでしょう」

「いや、ここにさっき置いたのです」

「誰か知りませんか」

先生は皆を見廻した。食べなかった一人が看護婦に小さく言った。

「いつも腐らせるからもったいないって、皆が食べてしまったんですよ」

「もったいないって、ひとのものを、一寸、食べた人は皆勤務室にいらっしゃい」

みんなは顔を見合せていたが、ぞろぞろと連れられて行った。その後姿に浴びせるように青柳さんは言っている。

「今度のお買物の日にみんな買って返せ、返さないと承知しないよう」

勤務室では食べた人達が一列に並ばせられて、先生に説教されていた。

四月に入って萩野さんと二人一緒に、開放病棟に移された。

「ああ、いい気持」

両手を広げて庭に下りると、足の裏に押し上げてくるような、がっしりした大地の感触がなつかしく伝わってくる。

「萩野さん、駈けて一周しよう」

「よっしゃ」

昨日の雨に濡れた庭に、水煙をたたせ乍ら春の陽がさんさんと降りしきっている。

胸いっぱい空気を吸って駆け出した。庭の片隅を廻ると、只一本ある桜に僅かばかりの花が咲いていた。二周目はもう監禁生活でなえた足はがくがくし、息切れがして、止めなければならなくなった。

「もう駄目ね、苦しい」

二人は暫くぶりで晴々と笑った。

私は二度と恥を曝《さら》さない為に、死ぬ自由を得られたら必ず死ぬのだと決めていた暗い誓いが、大地を踏むと同時に消え失せて、私に限り再発しない、死ぬなら何時でも死ねる、こんな楽しい気持を失わずに持ち続けたいと、大地にあやされて、駆っこ一つで単純に死を乗り越えてしまっている。駆けられる体、大地、この青い美しい空、簡単にこれは捨てられないと思った。

開放病棟に移ってから一週間程経って、開放の先生の問診があった。

先生はカルテを所々読み返しながら言った。

「近所の人との間にトラブルがあったようですね」

「はい」

「その間、間借人達の態度はどんなでしたか、覚えていますか」

「こんなことがありました。近所の人が自分の方に雨水が流れてくるので、夜中に度々忍びこんで私の庭の土を削っていましたが、私はメニエール氏病の為に耳が遠く、掘っている現場を捉えることが出来ませんでした。朝になってその跡を見つけ、腹を立てるばかりでした。丁度庭を掘られている時、間借人の一人が二階からその現場に懐中電灯の光を当てて、一瞬照らして見せてくれたことがありました。又もう一人は二階からそれを写真に写そうとしましたが、ばらばらと石を投げ込まれて写すのを中止したことがありました。ところがその翌日から二人共友達の所に泊りにゆき、半月程帰ってきませんでした。そして帰ってきた日、その二世帯とも、私の所から越して行きました。たった一人残った間借り人が（相当強くおどかされたのではないですか）と言っていました。そしてその人は近所の人の前で、私に対する同情心を惜し気もなく示してくれていました。所がこの人も他の人と同じように何をされたのか、すぐ慌《あわ》ただしく越してゆきました。とうとう全部の部屋が空きました」

「家を持つとそうした煩《わずら》わしいことがありがちですね、世の中には考えられないことが沢山あるものですね、苦労しましたね」

「弟の処へ飛出してからは完全に病気でした」

「その通りでしょうね、近所とのそのようなことに敗けないような強い神経の持主になりましょうね、病院に入っている限り大丈夫なのですね、病院に入っている人を通じて、虐《いじ》めるというようなことはありませんか」

これは病気がまだ残っているかどうか、さぐりを入れている問いであると感じたが、そんなことはないし、ありようもないことであった。が、では前の言葉は、本当にあったこととは思っていないで言った言葉なのかと、少し淋しく思った。が、もうどちらでもよいことであった。

「はい、そこまではありません」

「病院にいる限り大丈夫なのですね、睡眠薬を時々貰いにきているようですが、今の頭の薬で眠れないですか、例えば落着いて床の中にいることが出来ないといった……それともお家のことを考えて眠れなくなるのですか」

「床の中に落着いていられないのです、特に足を動かし続けていないと辛いのです。そのうちに家のことを色々と思いめぐらせて、眠れなくなるのです」

「では、お薬を軽いのに替えてみましょう、楽になりますよ、では次に萩野さんを呼んで下さい」

一週間過ぎて又先生の問診があった。

「今度のお薬で、落着いていられないのはどうなりました」

「薬の替った翌日からじっとしていられるようになりました。あんなに苦しんだのが、苦しみがぽろりと抜けた感じで夢のようです。今の薬は頭がよく冴えて夜中に俳句など次々に浮んできます。よい冴え方です」

「それあ、いいじゃあないですか、では今の薬を少し続けましょう、お家のことはどうですかやはり今でも考えますか」

「先生に事情を判っていただいてからは、今となっては過ぎたことにこだわることはやめようと思い、気持が明るくなって、家のことも忘れている時の方が多くなりました」

「病気の方も病院にいる限り大丈夫のようですね、それとも一度お家に帰ってみますか」

「いいえまだ自信がありませんからもう少しこのまま置いていただきたいと思います」

「では、そうして下さい」

私は自分なりに達観してから、すっかり苛立たしい気持も消えて、穏やかな心で日が過せるようになった。本も何時間でも読み続けられるようになり、日記も飽きずに書き続けられるようになって、日毎に頭が本調子に戻ってきた。言葉も打てば響くように活発に出るようになっている。病人乍ら幸福な気持なので、状態の悪い人や持病のある人には一層優しい態度をとるようになっていた。病棟内でも嫌いだと思う人は一人も居ない。嫌な人だと定評のある人でも、嫌と思えないでいられる気持であった。


開放病棟から森口氏が退院して行った。工大出だという背丈が一八四センチもある青年である。バレーの前衛での打ち込みが巧く、コントラクトブリッジ巧く、麻雀、百人一首、ジェスチャー又上手、ポケットにはいつも文庫本がねじこんであるという青年である。

庭まで皆で見送ったが、大柄で目鼻立ちの大まかな、おっとりした水上さんとは仲がよく毎日揃って庭を散歩していた。社会では似合いの夫婦になれる目出度《めでた》いカップルではあるが、この病気はそうした甘さを拒否させている。水上さんも来月は退院するのだが、門の所で運命の先廻りをした賢い別れの挨拶をしていた。

「病院だけのお付合いでしたけど、どうもありがとうございました」

森口氏が弾んだ足どりで去ったその後の庭には、格子の間から両手を出して、片言で手話している、唖《おし》の女のかん高い声がひびき、その向い側の病棟の窓では、男の唖の患者がやはり格子にはりついて忙がしく手話しで答えていた。

森口氏は早速明日から会社に出勤するという、社に迎えられる人は本当に幸福であると思った。

いつか、私にも退院出来る日が廻ってくるであろう。

灰《かい》燼《じん》

夜に入って疎開準備が出来た。信三は疎開先の迷惑を考えて箪笥《たんす》等は中身だけを持って行くことにした。トランク、行李、茶箱が荷造りされて片隅に積み上げられた。妻は尚《なお》忘れものはないかと、押入、和洋箪笥を調べて回っている。長女の貞子は放り出された空箱に人形と入って、人形に小布《こぎれ》を巻きつけ寝かせたり起したりしている。次女の幸子はその箱に摑《つか》まり立ちをしていたが、信三が座るのを見ると飛込み台から海へ飛び込むように広げた両腕を反らせてたぽたぽと寄ってきた。信三は素早くその体を支えてやった。幸子は下半身に比べて不釣り合いに大きい上体を信三の腕に託して、真空のように混じり気のない瞳で信三を仰ぎ見ている。

妻は大豆をいり始めた。豆をいる音が生活の息吹《いぶ》きをとり戻させ信三の心を和《なご》やかにした。妻はいり終えた大豆を缶に詰めると非常袋に押し込んだ。

「行く前に済ます用事があるんだ。一寸《ちょっと》行ってくる」

と信三は幸子を妻の膝に移した。妻は幸子の両足に手を当てて聞いた。

「どこまで」

「近所だ、一寸した知合いなんだ、挨拶してくる」

「じゃあすぐ済むわね」

「そう、すぐだ」

妻は明日の朝東京を発てば夜は知らぬ夫のいとこの家とは言え、爆弾に晒《さら》されることのない山懐で安眠出来る。暫《しばら》くは自分達の生命は安全だと思った。疎開者を九人置いてこれ以上は引き受けられないと断ってきたいとこを説き伏せてきた夫。夫は病人でも私の出来ないことをやり遂げると思った。

「お父さん、いってらっしゃい」

明るく妻は幸子の片手を持ち上げて振った。

幸子は清冽な瞳を信三にいつまでも向けている。上り口で人形の裾を土間に向けてしーしーと小便をさせる真似をしている貞子の頭に信三は手を触れて外に出ようとした。

「あなた非常袋持って行かないの」

妻の声が追った。

「ああいらない、いらない」

信三は後向きのまま店舗造りの入口を出て行った。

信三は春子の下宿先の離れに上った。春子は箪笥の上に本を重ねている所だった。信三はその後から胸に手を回して我身に引き寄せた。重ね着を通して手の平にほのかに丸みが感ぜられ、呼吸と共にふくらんでくる。信三はその耳元で言った。

「明日東京を引き上げるよ」

腕の中で向きを変え爪先立って仰向けた顔が、その言葉に影のように薄暗く沈んで意志のひらめきを消していった。

「君はどうする」

「私、私は徴用されているもの」

「こんな時、君は一人でやってゆかなくてはならないんだな」

「でも私は健康ですもの、あなたは百姓仕事は無理よ」

「判っているよ、二、三日経ったら東京に来てみるよ」

信三は胸を寄せてくる春子の平たい唇を自分の唇で柔らかく包んだ。

信三は春子を強く見据えて問うように顎を引いた。春子は額を伏せて童女のような頷き方をした。信三は押してやるように春子を離した。春子は押入れから敷布団を引き出し、二人は着衣のまま身を寄せ合った。

信三は蛙のように両手をつき、下に敷いた春子の顔に汗を落しながら、ほうけた春子を陶酔に引きずり込もうとした。度々息を切らして春子の胸に顔を伏せて休まなければならなかった。信三は陶酔させなければ今日尋ねて来た目的、春子への負い目を支払うことが出来ない。叩きつける信三の体に春子は徐々に腰をせり上げ、信三の首で顔を拭いてくる絶頂感のような戦慄《せんりつ》を繰り返していたが、体内からは信三に伝わってこない。信三にはそれが春子の演技のような気がして仕方がなかった。信三を労《いた》わるように思えるのだ。しかし信三自身の体は馴れたコースを得て行為を終った。

春子は信三が結婚前から交渉を持った女で、信三が結核で入院した病院の看護婦であった。春子は病気の経験者で病人の扱い方に心がゆき届き、半身を起す起し方一つにも心にしみる扱い方をした。信三は退院後もその温かさを求めて春子の下宿を度々尋ねた。そして自然にお互いを求め合った。信三は春子との結婚を考え一応春子の身元調査をした所、春子の父が狂死していることを知った。信三は自分の子供にはいささかも不幸の要素を含ませたくはなかった。信三は春子との結婚を断念した。妻とは見合結婚である。

信三は春子から身を離すとすぐ鳥打ち帽子を頭に乗せた。

「もうお帰り、カレーパン、作ったのがあるの」

信三は答えず障子迄《まで》歩いたが、思い直して卓に座った。信三の目に、壁のカレンダーの日付に赤インクの斜線が所々入っているのが見えた。信三の尋ねて来た日である。先月は三回印してある。結婚前は一日置き、ある時は三日続いたりしていたものである。

信三が不恰好なカレーパンを二つに割った時、突然空襲警報が鳴り亙《わた》った。同時に飛行機の爆音が聞えてきた。信三はパンをポケットに押し込むと足元の畳を上げ、床下の防空壕に飛び下りた。春子も米と飯盒《はんごう》と父母の位牌《いはい》の入っているリックサックを放り込んで避難した。信三は床下の闇の中で湿けたかび臭い空気を吸いながら、この穴は棺を納めるのに丁度よい穴だ。全くよい大きさに掘ったものだと思った。直撃弾を受ければそのまま自分達の埋葬穴にもなる。そうなる可能性は大いにあると思う反面、明日も空襲に怯えながらも、空襲の間を縫って一杯の雑炊にありつき、一睡の眠りを得て確実に生きのびるだろうという確信もある。壕は絶対安全だと思っている訳ではないが、壕に入る以外手だてはなかった。ラジオは飛行機の波状攻撃を、頭に響く声でけたたましく報じていた。時間は午后《ごご》九時三〇分である。信三はそこから一キロ半程の我家で同じく壕に避難しているだろう妻子を思った。地下水が湧いていて子供の足には冷たいだろうと思った。

砂が鉄板の上を流れるような焼夷弾の落下音が四方に重なって聞こえ急に道路がほの明るくなった。壕から出てみると火の手は見えないが指先程の火の玉が、小さい人魂のように無数に空中を浮遊している。一つ一つ叩き消しても消しきれない。信三は不安になった。

「おうちが危いわよ」

春子が叫んだ。信三は春子の肩を摑んだ。

「君はもう本所小学校に避難した方がいい、用があったら福島市の佐川と言う葉茶屋を尋ねて、僕の所を聞いてくれ。解ったね、佐川だよ。じゃあ達者でな」

信三は言い捨てると我が家に向って駈け出した。人々は道路で光る浮遊物を眺めているばかりである。遠い後の方が燃え出し一層明るくなった。間もなく走っている脇の家の庇から火が吹き、二、三人が火叩きで叩いている。反対側の方向にも数個所火の手が上っている。我家のある方向である。荷物を背負い荷物に振り回される恰好で人々が駈けてくる。リヤカーに病人を乗せて押しまくられてくる者もある。

「隅田川へ行けっ」

誰かが叫んでいる。

「あんた、向うは火の海になる。危いぞ」

人の流れに逆って我家に走っている信三の肩を摑んで言う者があった。頰に空気が熱い。煙が見え始めたと思った目の前の工場が、ほんの二秒の間に、ごおっーという音と共に風を起こし窓々から逆巻く火炎を空中に長く吹き出して、火に包まれた。信三は脇の防火用水槽に身を踊らし、オーバーごと身を濡らした。我家は火の海の中にある。信三は断念して見えている横川小学校に走った。かねて事ある時は横川小学校へ行けと、妻に言い含めてある。人家の密集している街の横川小学校は道路からすぐ校舎の上り口になっていた。脇も人家に接近していた。信三が駆けつけた時既に鉄の大扉は閉ざされていた。老婆と若い女が扉にとり縋って叩いている。とっさに信三は二人の手を取り、火の届かない脇を見つけて講堂の窓ガラスを叩き割り二人を押し込み自分も這い込んだ。火を呼びこまぬ為に扉は開けられないのだと思ったのである。

人々は講堂に荷物を重ね、側に突っ立ったまますぐに我家に帰れるという呑気さと、ここで火達磨になるのではないかという不安の交った表情でお互いの顔を眺めていた。声を出す者はいない。信三は人々を掻き分けて妻子を探した。子供達は荷物の間を潜《くぐ》り回って遊んでいたが、大人達は次第に恐怖に捉われ、奥歯を鳴らしている者もいる。すぐ見つかるものとたかをくくっていた信三は焦ってきた。妻子の姿が見えないのである。足を踏みしめて階段を上り、二階の教室を見て回ったがいない。近所の人の姿も見えない。

再び講堂に下りて入口でようやく近所の男をみつけた。

「うちのやつを知りませんか」

男は信三の顔を見ると顔をそむけて言った。

「来てるでしょう、来てると思いますよ」

そして慌ただしく離れていった。

信三は妻や子供は学校に来ていないと直感した。

突然講堂の一隅に火が見えた。炎は柱に添って燃え上り穂先が伸びて天井に広がった。講堂に隣接している物置に火がついたのである。四、五人火に取りついたが大方の者は講堂の入口に殺到した。群衆はしゃにむに表戸口に向かおうと焦った。倒れかかった数人の腹や肩を踏みつけてみんな先に行こうともがいた。誰もが自分だけ助かりたかった。人々は講堂の入口に折り重って一歩も進めない。信三も前の人の背中を登るように踏みつけ先に進もうとした。が、揉み合って押し倒され気を失ってしまった。

「踏み殺されるぞ、立てっ、立てっ」

気がつくと誰かが信三の手を引張り上げ叫んでいる。必死に立ち上りかけた所を又肩から踏み倒され、前の人の防空頭布《ずきん》の端にしっかり摑って倒されまいとした。頭布の主が頭を反らせて(野郎、頭布を離せ)という怒声を聞いたまま気を失ってしまった。

失う瞬間、妻、子供、春子、戦地の弟、故郷の知人の姿が頭に浮んだ。こんな形でここで死んだということはみんなは知るまいと思った。話しておかなければならないことが沢山あったのにと思った。妻や子供も何処《どこ》かで苦しんでいるだろう、いや死んでいるだろう、いずれ皆死ぬのだ。

心地よい冷たい風に包まれ深々と息を吸い込んだ、ひどく長閑《のどか》な気持で意識が戻ってきた。

見ると講堂の火は消えている。人々は入口に重ったまま体を伸ばして気絶していた。静かである。回りにリックサックや靴が散乱している。老婆と子供二人が倒れている者の頰を叩いて気を付けさせて回っている。信三も叩かれたらしい。信三は立ち上ると脇の者から思いきり頰を打って回った。

陸軍の将校服の男がよく通る声で叫ぶのが聞えた。

「皆さん、もう回りは火に囲まれてしまった。表は全滅だ。表扉の前も炎の海で開けられない。自分達でここを守る以外助かる手がない。みんな中に火を入れるな」

「二階に火がついたぞー」

一方から声が上った。

将校は重ねて叫んだ。

「若い男はいないか、決死隊の第二陣出ろ、出る者はいないか、若い男出てこい」

信三が寄るとその胸を突き返された。

「弱々しい者は駄目だ、若い男はいないか」

若い男が七、八人強制疎開地に面した窓から飛び降りていった。疎開地跡の池から一米程の赤い手押しポンプを操って二階へ水を放射している。水は細い放射線となって信三の上あたりに吸い込まれてゆく。池の向うも他の三方も炎が風となって吹き荒れている。細い道を隔てた人家側の窓は窓近く一面に灼熱した炎が燃えさかり、窓硝子《ガラス》は蠟《ろう》のようにたらたらと溶けて流れ落ち、そのあとから火が呼んだ突風と共に、ボール程の火の塊りや燃える木片を含んだ火の粉が、嵐のように吹き込んだ。吹き込んだ火の粉は講堂中に溢《あふ》れて、昆虫のように飛び交い、熱くなっている荷物に吸いついて花火のように火を吹いた。

「手で、手で揉み消せ、用水槽の水は使うな、水を使うのは最後だぞ」

将校の声が縫って聞える。講堂に数箇所、防火用水タンクが置かれてある。全員火の粉を追った。子供達まで「火の粉だ、火の粉だ」と火の粉を追い捉えては揉み消している。信三は荷物についた火を揉み消していると、足の下に踏んだ布団がくすぶって、足裏を焼かれ飛び上ってしまった。池に面した講堂の八つの鉄の大扉も、突風に煽られて左右に押し開かれその間から火の粉が広い縞となって流れ込んでくる。煽られる扉一枚に十数人がとりつき肩を寄せて押し返しても、簡単に押し開かれてしまう。風と揉み合ううちにどうにかしめることが出来た。椅子や机を天井まで積んで突っかえにした。

こうした火を追っての戦いのうちに

「もう回りは焼け落ちて燃えるものは無くなった。ここにいる皆さんは助かりましたよ」

という将校の声に、信三が外を見ると既に夜は灰色に明けていて、燃え尽くして平らになった焼け跡が見渡せた。所々紫の煙が立ち昇り、側の立木が半分の棒になってくすぶっていた。

死臭が鼻を刺してくる。

信三は忘れていた妻子の安否が気遣われてきた。入口の扉を開くと男の子三人と母親らしい女が扉に取り縋った形のまま死んでいた。着物は焼け飛んで裸の姿であった。向い側の焼け跡に水道だけが一本立っていた。捻《ひね》って水を呑もうとすると、根本の灰が水で流され子供の裸の背中が現れた。気がついて見回すと、道のいたる所に吹き転がされて、火ぶくれでゴム人形のように膨らんだ死体が、焦げもせずに転がっている。火に巻かれて窒息死したのであろう。一様に仰向いていたが、どれも眠っているように穏やかな顔であった。というより何か生きてきたことを思わせない表情の無さであった。

この火の中をどうして助かったのか少しずつ人が集ってきた。隅田川に入っていて助かったという女が赤坊を背負ってずぶ濡れのまま入ってきた。女は寒さに震えていた。無理もない今日は三月十一日である。背の赤坊の首の揺れ具合は既に死んでいるらしく見えた。決死隊に出た人達は大なり小なり火傷をしていた。頭と横半身の皮膚を真黒く泡立つ程焼けただらし、動けずに土人形のように転がっている者もいる。信三は助かるだろうかと思った。

講堂の床の上に一町会一坪の広さで、何々町会避難所と白墨で区切られたが、納って見ると一町会が四、五人に減っていて、全滅の町会もあった。信三が横になっていると足に冷たいものが触れた。見ると子供の頭である。先程迄動いていたのが死んでいる。

肉親や知人の安否を尋ねてくる人が多くなった。(お父ーさん)(何々ちゃん)(何々さんいますか)と講堂の入口で次々と呼ぶ声が聞えるのだが、それに返事があるのはまれであった。大抵は答がなく、呼ぶ人に聞く人に始めて悲しみが広がっていった。

信三は焼け跡にたたずむ妻子を祈るように思い描いて、家の方向に歩き出した。それぞれの家族が将来への祈願をこめて住んできた街は、一夜のうちについえ去った。見渡す限り地表を埋める灰の原、電柱も電線も、影も形もない。所々に陽に剝き出したコンクリートの残骸。コンクリートの壁に多数の死体が彫像のように寄りかかって座っている。道路には累々と散乱する死体。死の原に太陽だけが生き物のように赤く大きく地の境に昇ってきた。信三は死体をよけて歩いていった。コンクリートの枠だけ残ったアパートの床に、死体が四十程山になり、黒く焼けて骨ばかりになっていた。三人の軍人がシャベルで骨の山を端から掬《すく》い、土を放るようにトラックに放り込んでいた。コンクリートの防火能力を過信して集った人達が、一隅に追いつめられて果てたのであろう。

遠くからでも信三の家のあたりの見当はついた。だが信三の期待した人影はなかった。地境の知れなくなった焼け跡の灰を掻き回しているのは隣家の金井であった。釜を掘り出していた。信三は声をかけた。

「金井さん」

金井は打たれたように激しく顔を振り向けて言った。

「知っていますか、奥さん達が」

「どうしてました」

信三はせきこんだ。

「それが駄目になって……、紡績工場の方で」

「駄目になって」

「駄目で」

「なんであんな所へ」

信三は両膝を広げてへたへたとかがみこんだ。金井も灰に膝を落した。二人は死臭のただよう空気と、白々しい光の中で、かろうじて顔を上げていた。信三は叫びを呑んだ。妻子は殺される為に生れてきた者ではないのだ。世界中の生き物に叫びたい叫びである。

信三は聞いた。

「本所小学校はどうなったか知りませんか」

「横川小学校以外の学校は全滅だそうです。本所小学校も死体が入口に山となって焼けているそうです」

春子も死んだか。信三の僅《わず》かな時間を自分のものとしようとしたエゴイズムが、妻子を死の中に取り残し、春子をも死の中から救い得なかった。信三は自分の愚かしさに鞭打たれる思いだった。骨の中から冷えてくるような悔恨に震えた。

「参りましょう」

金井に促《うなが》されて信三は立ち上った。二人は紡績工場へ向った。金井のオーバーは所々焼けて大穴があき髪の毛先も眉毛も焼き縮れている。焼き切れた短いまつ毛が目に突き刺さり、真赤な目をしばたかせていた。金井は信三に、信三の妻子を見つけながら救えなかったことを詫《わ》びていた。

金井が紡績工場の塹壕式大防空壕に飛び込んだ時は四方に火は迫っていた。中には女子工員三名と男子一名がいたが、女子工員は顔を被って泣いていた。壕は強制疎開した空地の真中にあった。空地の向うが道路になり道路の向うが紡績工場であった。三方は民家である。民家も紡績工場も炎々と燃えさかっている。焼けたトタン板や燃えている木材などが、火の突風に煽られて飛んでくる。火は広い地面を生きているように炎を立てて壕に迫り入口を焦がす。煙が咽喉《のど》につまり窒息寸前になる。金井の顔にある経験が閃いた。

金井達は二組に分かれ、一組が鉄兜で壕の底の土を削り、煙が土にまつわらぬうちに鼻を押しつけて土中の酸素で息を吸う。その間他の一組が飛んでくる燃えている木片や焼けトタンを払いのけ、入口に迫る地の炎を消して壕を守る。苦しくなると交替する。これを繰り返していた。炎が屏風《びょうぶ》となって撚え上がる道路に、黒い人影が見えた。一人の子を背負い、一人の子を抱いてよろめいてゆく女の姿であった。金井達は大声で呼んだ、が、声は風に吹き消されて届かない。繰り返し呼んだが母子はそのまま行ってしまった。やがて火は消えた。壕から出た金井は、壕から僅かの距離の道にその母子の死んでいるのを見付けた。顔を覗くとそれは隣家の母子であった。

信三は金井の指差す方に近づき被せてあるトタンを上げた。母子三体とも他の死体と同じく褐色に丸々と焼き膨れしていた。幸子は負ぶわれた形で負ぶわれた位置に倒れ、母の髪の中へ片手を突込んで髪を握っていた。貞子は母より上に少しずれて、母に向って短い手足を広げ横向きに転がっていた。母は仰向きに手足を投げ出して倒れている。三体は歩いていた姿そのままを見せていた。信三は妻の側にかがみこんだ。妻は黒人のように髪を縮らせ、鼻の頭を少し焦がして埴輪《はにわ》のような顔をしていた。信三は妻の焼き縮れている左右の眉毛を、人差指で目頭から目尻へ一撫でalong すると、眉毛はぺろりと剝れ、黒い糸屑の固りのようになって灰の上に落ちた。信三は唇を痙攣《けいれん》させた。金井は後向きで感情の波に堪えている。信三は幸子の手を母の髪から静かに抜くと胸に抱え上げた。硬直の始った幸子の体は片手を突き出したまま棒のように突っ立ち、胸に重かった。生きている時信三の心に応えてきた感情の流れも、信三の肉体に応えてきた体の愛らしい柔軟性もない。信三は幸子の両腕を力をこめて曲げると、手を胸に組ませた。幸子を片手に抱え一方の手で貞子を抱こうとした。貞子の広げた両腕が邪魔して巧く抱けない。離れ去る者の意志のように硬直して信三を拒否している。金井が貞子の両手を胸に重ね足を揃えて信三の抱きよいように直した。

信三は両腕に子供を抱いてひょろりと歩き出した。金井は両腕に信三の妻を仰向きに抱いてついてきた。

肉親や知人を探し求める人々が、前のめりに歩きながら、道や壕の死体の顔を丹念に覗いてゆく。四つ角に来た時、道の真中に兵隊が一人銃を立てて立哨《りっしょう》していた。信三が認めた時、まだ少年らしいその兵隊は、目頭に指を当てて俯向《うつむ》いていたが、信三達の有様を見ると、顔を歪めて泣き出し片手で顔を被った。その姿を見て信三は感電したように唸り声をせり上げ、涙を流していた。金井も同じであった。信三は少年兵の両親もこの空襲で死んだのではないかと思った。

その夜は皓々《こうこう》と月の冴え渡った夜になった。横川小学校校庭には、空から銀粉が降り続けているように、光の粒子が黒い空の下に満ちていた。信三の妻子の遺骸は脇門の側に置かれていたが、何時《いつ》の間に集ったのか、それに続いてコンクリート塀添いに、幾列もの死体が整然と並べられて、裏庭を埋めていた。生きている者に繋りを持つ死体であろう。信三は一人妻子の遺骸の側に佇《たたず》んでいた。妻の隣の死体は身を丸めた毛虫のように、首も手も足も胸に丸まっていた。その隣は片足を腹に折り曲げ片腕を輪に何かを抱える恰好をしている。その隣は真直《まっすぐ》頭に添って片腕を伸ばし、両足を長く揃えている。腕の影が半顔を暗くしていた。信三は死者それぞれのささやきを聞いているような気がした。とりとめのない楽しい過去の断片を、ささやきかけているようだ。平和は死者の上のみにあった。時間は午前一時頃になるであろうか、講堂の入口から死体の間を歩いてきた一人の男が、信三の妻の遺骸の側でいきなりズボンの前ボタンを外し、放尿し始めた。放尿の音に我に還った信三は、始めて人間らしい大声を出した。

「きみいっーきみ」

振り向いた男は、生きて立っている人間を見い出し、まごついて小便を波うたせた。

「仏の側で小便するのは止《や》め給《たま》え」

男は放尿しながら足をずらし、信三の妻から尿の落下点を離した。しかし今度は隣の死体にしぶきをかけていた。

「何しろ死体ばかりでねえ、小便する所もねえ」

男は首を振りながら去った。

そのすぐ後に、トラック一台が信三の佇んでいる門の所についた。白エプロンの女が二人と国民服の男が一人下りてきた。炊き出しの握り飯を積んできたのであった。信三は握り飯を二つ貰ったが食欲はなかった。服のポケットに入れると、春子の作ったカレーパンが手に触れた。

あれから幾時間も経っていない。

続いてトラックが五台着いた。汚れた大きなトラックであった。トラックから下り立った兵隊の一人が信三に声をかけた。

「遺骸をすぐ運び出しますが、これは全部身元が判っているのでしょうか」

「さあ、他は判りませんが、この三体だけは私の身内です」

「はあ」

兵隊はちゃっと靴を音させて揃え、姿勢を正して、信三の妻子の遺骸に黙禱《もくとう》した。そして紐を下げた木札を三枚信三に渡した。信三は木札に妻や子供の名と生年月日、年齢、焼死した町名を書き込んだ。三体の首に木札を吊り下げてやりながら信三はつぶやいていた。

「成仏してくれよ、な、悪かったたな、許してくれよ。南無阿弥陀仏を忘れずに唱えて行けよ」

信三は兵隊に手伝って妻子の遺骸をトラックに積んだ。講堂で眠っていた人も起き出して、肉親や知人の遺骸をトラックに積み込んだ。積み終ると、兵隊はトラックの運転席に半身を入れながら、

「皆さんの身の振り方が決まりましたら何時でも、荒川の千林寺跡へ来て下さい。その時お骨はお渡しします」

と言った。信三はトラックが、遠くまで見透しの利く焼け野が原を、兜虫のように連ってゆ

くのを見送っていた。

信三は妻子の遺骸を送り出した午前、金井と共にそれぞれの焼け跡に立っていた。灰を敷きつめたように燃え尽くして、立っているものは何もなかった。信三が座敷の下あたりの灰を鉄の棒で掻き回していると、鏡台の硝子が溶けて小皿程の固りになっているのが出てきた。妻が様々な表情と姿を写した鏡である。信三はここが鏡台のあった所かと、硝子の固りで灰を叩いていた。家の跡は焼けてしまうと随分狭く見えるものだと思った。暫く佇んでいたが、灰は取りつくしまもなくよそよそしかった。

信三は硝子を放って立ち上った。借家であるこの家が焼けては、二度とこの土地に帰ることはあるまいと思いながら、トタン板を拾ってきて福島のいとこの住所を、連絡先として書いて立てた。いとことは余り親しくはないが、身を寄せる所はそこ以外ない。金井も同じく連絡先を書いたトタン板を立てている。信三が近づくと金井は髭に汚れた顔を向けて言った。

「奇麗さっぱり焼けましたね」

「ええ、何もかも」

「奥さん達のことは早くお諦めになるのですな」

「そうなるといいですが」

「私は独身ですが、お気持はよく判ります」

信三は煤けた顔で深く肯いた。金井は
「もうお会いすることもないと思いますが、これからどうなさいます」

と聞いた。

「福島のいとこの所で百姓仕事でも手伝います」

「体の方はよいんですか」

「よくはないんですがねえー。工場の方も辞めさして貰いましてね、昨日田舎へ引き上げる所でした」

「不運ですなぁ」

「金井さんは」

「会社も焼けましたからね、押上の同僚の安否を尋ねてその足で、九州の兄の家に参ります」

「色々お世話になりまして」

「お役に立ちませんでしてねえー」

「いやいやとんでもない。お体を大切になさって下さい」

「あなたも命だけは大事になさって下さい。お互いに拾った命ですからね」

信三は金井の手を堅く握った。二人の顔にもオーバーにも、埃と灰が白く浮いていた。

信三が上野に近づくに従って、罹災者《りさいしゃ》が増えてきた。乞食の群のようであった。逆行してくる罹災地以外の人達が目の覚める程美しく見えた。

上野駅には列車を待つ罹災者が外側まで列を作っていた。罹災者は切符がなくとも乗れるというので、信三は列の尻についた。列の中で（今駅を襲撃されたら全員爆死だよ）と落付かない声がする。

午前から夕方になり、ようやく信三が乗せられた車は、石炭を積む無蓋《むがい》貨車であった。汚れて黒光りする床にあぐらをかくと、顔の前に汽車の煙突が立っていた。走り出すと煙がまともに吹きつけ、忽《たちま》ち顔から衿《えり》の中までざらつき出した。乗客は真黒くなったお互いの顔を見合せた。耳元を鳴らして過ぎる寒風の中で、溶けこむように眠りに落ちる人が多くなった。

信三は酷い疲労が全身を被っているのが判った。熱が上ってきたのだろう、全身が床を鳴らす程震えてくる。背中が氷を背負ったように冷たい。これでは畑仕事は一週間と続けられまい。昨日は生き延びたものの、病気で死ぬか、遅かれ早かれ殺されるか、どちらかだろう。信三は死を背負って生きることに疲れ果ててしまった。

汽車が鉄橋にさしかかった。眼下の谷深く、岩を縫って、急流が泡を巻いていた。信三は貨車から身を乗り出した。鉄橋を過ぎる今のうちだ。しかし、信三の胸に、見てきた死、送ってきた死、死にかけた自分の死がつかえて、どうしても貨車のふちをまたぐことが出来なかった。汽車は鉄橋を渡り終えた。

信三の横に動かない横顔を見せて目を覚している老人がいた。老人は小さく丸めたリックサックを開いてりんごを二つ取り出し、一つを信三に差し出した。

「一つずつ食べましょう」

老人は信三の手にりんごを握らせた。老人は語りかけていた。

「私は息子を死なせましたよ。動員されている息子に、青森からりんごを背負ってきましたが、駅に着いた時が空襲でした。寄宿舎は全滅でしたよ。引き返しながら罹災者の方々にりんごをね、一つずつ上げてきたんですよ、息子の供養になるようにとね。二つ残ったのですよ、一つを食べて下さい」

信三は収拾のつかぬ苦しみの中で、りんごをきつく握りしめた。

さんま

遅い、あんまり遅い。目まいが時間を停めるのだ。発作は三時間で納まる筈だ。時間が早く過ぎるか、呼びに行った医者が早くくるか。待つより外にない。時間の意識だけが健康だ。目まいは回りのタンスや壁だけでなく、体を回し始めた。回る筈のない体が、回って意識されるのは酷く不安定だ。宇宙飛行のように、白いかさを着て回っている電球の回りを、自分も逆さになって急ピッチで回っている。何かにつかまりたいが、つかまるものがない。嘔吐が体の隅から胸に押寄せてくる。あの開業医も大学病院の医者も、尤《もっと》もらしい所見は言うが、本当はさっぱり判っていないのだ。あんちょこの受売だけなのだ。附添い婦はのんびり歩いているのだろう。附添い婦が必要なのは、発作の時医者を呼びに行くことと、一人前の食事作りだけなのに、一日千円も持ってゆく。月三万円、食事代、おやつ代を入れると四万五千円。休職期間中支給される、月給代りの共済組合の見舞金は、そっくり附添い費に消える。電話が引けないのも、ストーブが買えないのも、そのせいである。日当りの悪い家も、自動車で震動する土地も、近所のラジオの深夜放送の音も一切、私の病気を悪くする方に作用する。規則正しい二人の足音がする。あの人達には私の目まいは痛くも痒くもない。そう思いながらも私は任せた気持で体の力を抜いている。

女医はカバンを下げた儘《まま》、柱に背中をもたせて、暫く私を見ていたが、

「又回ったの」

とくたくたと柱から背を滑り下して座った。

「三日持ったのにね、あなたのいい薬を打つわ、何でも」

薬はみんな効かなくなっているのだ。

「何でもいいんです」

私は唇を動かさずに言う。動かすと目まいが激しくなるから。

「何か言って」

「カリクレイン」

どうせ効かないなら、打つ時痛くて時間のかかる方が気安めになる。おまけに尻に打つのはいい、腕より大げさだから。注射は私のお祭りだ。注射は効かず、目まいは三時間回ると納った。

私が頭を動かしたのを見て附添い婦は言った。

「お昼のおかず何にします、奥さん」

お嬢さんと呼べない年齢の一人者は皆奥さんと附添い婦は呼ぶ。何回呼ばれても馴染めない。自分が人生を踏み迷っているのを指摘されている気がする。

「さんまがいいわ」

私は知っている。附添い婦は魚が大嫌いなのだ、特にさんまが。

「さんまがなかったら何にします。蛤鍋《はまぐりなべ》でもしましょうか」

「さんまが食べたいのよ、さんまを買ってきて」

「はい」

いつも言うのだ。さんまは今がしゅんなのに、さんまはありません、蛤を買ってきました。附添い婦は蛤に目がないのだ。出たと思うとすぐ附添い婦は帰ってきた。魚屋まで行っていないようだ。だがこういう時間は素早く過ぎるのだろうか。

「さんま探したがありません、蛤にしましょうか奥さん」

附添い婦は三歳の子供をあやすような目で、私を見ている。

「さんまがいいの、今、さんまがない筈がないでしょ、電車に乗って、吉祥寺迄《まで》でも行って探してきて頂戴。言っているでしょ、あなたはあなたで好きなもの買ってって」

「そうはゆきません、御主人様と別に買うなんて、はい、判りました。判りましたよ」

附添い婦は目まいが起きる程耳に響く声を上げ、二、三十センチ襖を逆戻りさせて出て行った。私はもうさんまを食べた気分になっていた。

附添い婦は食事とも言わず、布団をめくり、後に回って私の半身を起した。毛布と丹前を両手だけ出るようにかけた。私は首筋と寝巻の前から一挙に押寄せる寒さに咳込んだ。膝の布団に盆が乗せられた。なまず程の特大のさんまが、しかも三匹、油にじっとりと腹《ふく》を脹らませている。下の皿が見えない。私は見ただけで胸にもたれてしまった。附添い婦は沢庵五、六片の一皿を前に、ぷつんぷつん沢庵を嚙み切っている。

「好きな煮豆でも買ってくればいいのに」

「いいえ、そういう勝手なことはできません、いいんですよ、私なんか」

さんまは頭と尾を大きくはみ出し、押合っているのが、絡みあった蛇を連想させ、私は全身生臭くなったようで、すっかり食欲を失い、さんまに二箸三箸、箸をつけただけで、食事は終った。

「吉祥寺迄わざわざ行って探したんですよ、さあ、もっと召上れ、お食べなさいよ」

附添い婦はさんまを大きく剝いで箸でつまみ、私の首筋を捉え、私のきつく歯を結んだ口を裂いて、押し込もうとする。

「先生にも言われているんです。食べないと病気に悪いんです」

「いらないったら、いらないわよ」

私は両腕を目茶苦茶に振回し、附添い婦のさんまを壁に跳飛ばし、盆をひっくり返した。布団に畳にさんまが散乱した。私は暴れたので寝巻一枚になり、興奮と寒さに震えていた。附添い婦は私より畳や布団が大事なのか、ゆっくり畳を拭き、濡れタオルで布団のしみを丹念に抜いている。私も意地で、自分で毛布を被ろうとしない。

「寒いの奥さん。炭では寒くてしようがないでしょ、床下に練炭が残っているんだから、練炭入れたっていいじゃありませんか」

練炭は発病前練炭コンロに起していた残りの古いものだ。コンロは割れて今はない。附添い婦はさんまの返報に練炭を持出してきた。何かで自分の意志を一度通さないと、今日は帰れないのだろう。炭はつぐのが面倒だし、朝火を起すのも大変なのだ。この上楽をしようと言うのか。

「練炭は駄目よ、ガスが危いし、その火鉢安物で底が薄いのよ、火を通すわよ」

「大丈夫です、うちは毎晩、同じく六畳で、これと同じ火鉢に起しています。練炭を起します、今晩」

私は附添い婦と二人きりの、この世界以外に世界のない自分が、ささくれあい、咎《とが》めあうのに堪えられなくなってきた。目まいのない時間だけでものどかに楽しく過したい。自分の最後がそこまできているかも知れないのだ。

「練炭入れるんだったら、火鉢に埋める、あの煙突つきの練炭受け、あれ買って入れてね」

「入りませんよ、うちはそんなの使っていません。火鉢だけで大丈夫なんですから」

附添い婦は五十歳前後だろう。歩くのが面倒なのだ。

「大丈夫じゃないから、買ってきてよ」

「大丈夫、大丈夫」

附添い婦は夕食後、委細かまわず火鉢に練炭を入れた。私はさんまで自分を押通した代り、練炭で附添い婦の意見を入れる気持になっていたが、心の底で、何と言おうと、今日の附添い婦は自分の意志を通すだろうと諦めていた。六年間も床についていなかったら、火鉢を庭に放り出すことも出来た。だが、この家には支配される者と支配者がいるだけである。被支配者が支配を拒否すると、医者は来ず、火も起きず、食物も煮えず、従って呼吸も出来なくなる。

八時に附添い婦は帰った。毎夜九時頃来る医者は急患があったと十一時頃きた。前以《まえもっ》て、発作止めを打ってゆくのだ。効かなくなっているが習慣で打っている。鎮静剤か睡眠剤でも混っているのか、体が一瞬に溶け、朝新らしく作られるようによく眠れる。打って暫くすると、このまま覚めなくなると不安に思う程眠くなった。練炭のガスは大丈夫だろうか、ガス中毒などやたらに起ってはたまらない。そういう心配が、馬鹿らしく思われる程眠くなってきた。電気を消す。

暗い空中、電気の辺に白い女の肩から上が浮んで、私は眠っている自分を意識し始める。女は顔も形も煙で描いたように模糊と浮んでいるが、少女の頃死別れた母だと、確信を持って見ている。母は顔で一個所を差している。何をさしているか私は気に止めない。とても眠いと思う、何でもよい、眠りに溶け込みたい。意識が暗く途切れ、再び母が見える。同じ所をさし示している。火鉢だと気がつき、ガスに気をつけなくてはと思う。が眠い。何としても眠い。それにしても母とは懐かしいより気持が悪い。私は母を確かめようと、半身を起して母の方へ顔を近づけた。母は消えた。そして目が覚めた。背筋が寒くなり、立上って電気をつけた。白い煙が部屋中に満ちている。家具がぼんやり見える。何だろうと茫然と立っていた。その次に匂がきた。きな臭い。ようやく練炭に気がついた。見ると直径四十センチの火鉢が、肌から真な炎を波打たせながら、大きな火の塊と化していた。火鉢とゆかの間から煙が、押退け、揉合いながら、吹出していた。私は動転した。夢中で掛布団で火鉢を包みしっかり抱いた。火鉢と心中する積りになっていた。両側の板戸と唐紙に交互に体を打ちつけながら、廊下をふらふらと玄関に向って歩き出した。熱いのか冷たいのかさっぱり判らない。どうしてこんなに力が出るのか不思議である。早く、早く玄関まで、私は歩き続ける。発作が起きたら大変だと頭の隅で思う。首を振り振り玄関についた。火の上で顔が痛んでいた。玄関から庭へ布団ごと火鉢を放り出した。火が崩れて大きく広がり、血のように樹を照らし出した。赤い凶器に身震して這いこんだ。歩くより這う方が早い。私はバケツの水を引きずりながら、しかも俯向《うつむ》くと目まいがするので、顔を仰向《あおむ》けて這い回り、炎の踊っている、畳や床板、布団に水をかける。水がバケツに一杯になるのは、気の遠くなる程長い。火の広がる方が早い。だが、部屋に障子がなく、唐紙が遠かったのは幸いであった。高い炎は濡布団で押さえ、三本の蛇口の水を交互に運んだ。流した水の幕の下の、鬼火のように赤い芯に膝を押しつけ、転がってしまうこともある。炎は見えなくなった。畳の焼けたふちや、床板の抜けた穴へ、手をあてて、冷たいのを確め、庭へ回った。庭に崩れていた火もすぐ黒くなった。二時四十分であった。私は濡れない布団を出し、足をくるんで倒れこんだ。座敷と庭の境のガラス戸を見て、火鉢はここから直接庭へ出す方が早かったのに、やはりあわてていると思った。

母を思った。私が少女の頃、老舗であった葉茶屋が倒産し、店舗も住所も失った。父は不遇に反抗するように頑として働かなかった。しわ寄せは母に集中し、五人の子を抱えて内職をする母は、家計のやりくりに細り、ついに乳がんに倒れ、肝臓がんを併発していった。私は自ら女学校をやめて女中に出た。幾ばくかの月給を、神から受けるように母は感謝して受取った。

赤坊が起きるからと、湯殿の煙突から、おむつの洗濯物を背負わされて、毎朝干しに登らされた。煙突は煉瓦を積重ね、かぎの足場のついた頑丈なものであったが、霜に二階の屋根瓦が滑り、背中の大きな冷たい洗濯包みに、振落されないよう登るのは、こつのいるものだった。ビニールのない時代で、着物に水がしみ通った。干し終えると、懐から女学校二年の教科書を出して、盗み読する。霜の手すりに英語を指で書く。今の子供は盗み読の辛さも楽しさも知るまい。

夜半、台所の、地下室から最も寒風の吹上げる所を選んで、濡タオルで額をしばり、真剣に教科書にとりくむ、だが、五分も持たずに眠ってしまう。自分の時間は夜十二時半から、朝四時半まで、少女では寝不足続きなのである。何処かで緊張しているのか、すぐ覚める。が、又眠っている。今度は覚めても闇の中である。電気料がもったいないと奥さんが、電球を抜いて行くのである。私はこんなに眠いのに、奥さんはよく目が覚め、台所の電気に気がつくものだと感心する。奥さんに、だからお前はとき物の時、居眠りして生地を切るのよと、酷く叱られた。それからは、夜の勉強は頭から布団を被り、その中で懐中電灯で教科書を読んだ。息苦しいのは問題ではないが、心地よいので睡魔と戦うのが大変であった。支配される者はそれ以外に、自分を生かすことが出来なかった。年は変っても人間二人以上いる所、必ず支配の原理は存在する。自分が生抜く為には、支配出来る人間になり、他を支配する以外に途《みち》はない。

夜が明け始めた。

また母を考える。私が奉公し始め、母は私に気づかれないよう、時々、垣根の外から私の働いているのを見ていたのを知っている。本郷の湯島から青山まで、病人の母がどうやって辿りついたのか。今でも母のその辛さが私の胸にひっかかっている。母はその後間もなく死んだ。附添い婦の聞き馴れた靴音が敷石にする。私は火事になりそこねたことで怒るより、喜んでいた。これで附添い婦に勝てるからである。目を輝かしている私の耳に、附添い婦の怒声が挨拶代りに玄関から飛込んできた。

「奥さん何ですこれは？　……、折角起したのに庭に放り出して、我ままもいい加減にして下さい。一人暮しで我まましほうだいだから、自分の我ままに気がついてないのよ、大家族の家ではね、食事も自分の勝手には出来ないんですよ、よおく、一人で火鉢持出せたものね、もう附添い婦などいらないでしょう。はあ——火鉢も割っちゃって？　……」

火鉢を片づけているのか、声が立ったり、かがんだりして聞える。

「何してるんです、風邪引くじゃありませんか」

附添い婦が息を切らせて、そう言いながら入ってくるのを見て、私は黙ってぼやの跡を指差した。附添い婦は頬に片手をあてると、体を小さくして座った。

「ああ、どうしよう、ごめんなさい、ごめんなさいね、大変だったでしょう。でもどうしてこの火鉢、火を通したんでしょう。昨夜も先生、睡眠薬打っていったんでしょ。よく目が覚めてくれましたわ、今頃奥さんは焼け死んでいたかも知れない。私は警察に上げられていたわ、五年以上は刑務所に入れられたわね、私強情だってよく言われたのよ、製薬会社に勤めていた頃ね、直っていないのね」

「ここは私の家なの、私のうちのことは私がよく判っているし、私は病人でも主人なのよ、今度から私の言う通りにして欲しいわ」

「はい。私、このまま置いて戴けるのでしょうか。私の代りをよこさなくてよろしいでしょうか。私、子供がうるさい家や、お店の忙がしい家より、奥さん一人のこのうちがいいんですけれど。何しろ年寄りで……」

「今言ったことが判ればいて下さっていいわ、私の病状はあなたが一番よく判ってくれているのだから」

「どうぞ、お願い致します」

附添い婦は座敷を拭き始めた。

「畳と布団表に干してね」

「それは止めた方がいいですよ、近所でそれはうるさくて大変ですよ、ここに住みづらくなりますよ、危いから入院なさったらいかがと言いにきます。奥さんの体より自分の家を心配して……」

「それは当然よ」

言いにはこまいが、そうお互いにささやき合うだろう。言いにこなくては、結核ではない、メニエール氏病患者が、長期間入院出来る病院もなく、全治の見込のないまま、病院を短期間で何回も、追い出されている現状を、説明しようもない。

「そうね、座敷に吊して、炭をじゃんじゃん起しましょう」

「それは又危いですよ、部屋で気長に乾かしましょう」

ぼろのように破れ、汚れた、こげ穴の大きい布団や畳のもとで、附添い婦は言った。

「奥さん、今日のお昼はさんまにしましょうよ」

女の指

黒い着物の中で痩せた体が泳いでいるあなたの後姿でした。下駄を鉛のように持上げて歩いていましたね、荷車を引くように肩で体を引き小石に踏違えてよろめくのを、私は確めるように見てついて行きました。あなたは一旦前のめりにのめりこみ、邪慳《じやけん》に長髪を引かれたように頭を反らして、後に倒れましたね、梅雨空から溢れた雨が降り始め、あなたの回りの舗装道路に、黒い点を増やしてゆきました。私は頭が地につくのを支えて膝にのせました。風呂敷で雨を遮《さえぎ》りながら、頰に浮出した骨の青さ、鼻の脇のしわの汚れに、病気が昔の顔を犯したのを見ました。世の罪過を一身に引受けた殉教者のように、病気に総てを任せたあなたの顔でした。私が刑務所の切れ目のない長い時間を、社会復帰したいと願い続けた一つの理由は、あなたの本体を通じて自分の本当の愛を知りたい為でした。私は刑務所で、真実の自分を、またあなたをまるで知らないことに気がついたのです。生きる為には先ず、あなたを、そして自分を知る必要があったのです。知ることができるかどうか判りませんが、私に残されているのは、やってみることだけでした。只《ただ》の貧血だろう、格子の中の貧血と違い、見物人がいて、家が見え、空があり、道がある。貧血が納まれば通れる道である。かつてあなたが私に思ったように、又あの女に語ったように、私はあなたがもっと苦しむとよいと思いました。あの女の言ったことは本当だと今でも思っています。あなたは胃潰瘍だと言われますが、きっと胃がんですよ、でもあと一年位で死んではいけません、もっと生きて苦しまなくてはいけません。鎧うた皮を脱落させながら、身心共に病に凝固して、あなたの真の心を又私の心を見させて下さいまし。食物は甘辛、香辛料、肉、油、皆いけないそうですね、毎日軽い煮魚と柔かい野菜で、食事を見るのが嫌になる。甘い餅菓子、好物の天ぷらを腹一杯食べたいとおっしゃいましたね、早速餅菓子十個買ってきて、謀叛《むほん》を起して食べなさいといったら、二個目を食べているうちに、右手を腹に喰い込ませ膝頭の大きい足を絡ませて苦しみましたね、でもあなたは自由です。私にいじめられることが出来ます。私を殴ることも出来ます。私に不可能なことも命ずることが出来ます。本当の孤独はこれからです。

あなたと一緒にあの女と私が始めて会ったのは、数年前のやはり梅雨の午後でしたね、紙を通してくるような陽が、庭草の根本を白く透かせていました。あの女の愛人はあなたの同僚でした。同僚同志が愛人を競う形になりました。あなたにとって私を競うなどということはとんでもないことなのに、あの時はどうして私を連れていったのでしょうか、あなたはテニスクラブでも、人前では私に口を利かず、三米も離れて歩いていたではありませんか、私がどのような女かと言うことは、あなたが私に示してくれていました。私はあの女の美しさに持つ自信に圧倒されました。本人がそうだと、側の者にもそう見えるから不思議です。本当に私より美しいだろうか、まろやかな輪郭と能面のようなつり目、自信に膨らんだ恰好よい鼻と、いーという形に開く口を見ていました。話に頷く度に眺めました。やはり美しいようでした。

「素敵」

あの女は私の袖を親指と人差指ですり合せました。私は生地で太刀打ちするつもりだったのでしょうか、フランス製という標示を思い出し、

「フランス製なの」

と言いました。あの女はかすかに笑いました。

「イギリス製なら判るけどな」

ばかな、あなたのそんな言い方でした。私はほおが熱くなり、コーヒー茶碗を下してしまいました。

「俺は会社を変えるよ」

同僚の伊藤氏は窮屈なワイシャツの衿のボタンを外しながら言いました。

「落伍か」

あなたは違ってくるかかり合いを想像する顔でいいました。

「中企業だから栄転とも言えんな、M興業だよ、自分の思い通りに会社を動かしたいんだ」

「大日本石油という大会社を見限るのは君位だな、僕は早く子会社へ回してくれないかと思うよ」

「君は子会社へ回されることはないよ、課長代理のような存在だろ、すぐ課長だよ、俺はポスター一枚刷って権限を云々されたんでね、考えちゃったよ」

「君の強引な実行力は通産省の石油課でも評判だよ、二、三年のうちに課長だろうってね」

「いや役付になるのは十年選手だろ、あと五年だ、五年で課長になっても面白い仕事が出来るかね、停年間際に部長に奉られてももう遅い、M興業のおやじに、うちで思いきり暴れてみないかと言われた時、決心したんだ」

「じゃあお祝しよう、重役だろ」

「まあね」

お酒になりました。あの女はバレーを踊りました。胸の中に魚を住ませているように、そこだけ奇妙にぷりぷり震わせます。私はあなたからそれを隠したく、早く終らないかと思いました。歌舞伎の女形のように、魅力作りに半生をかけてきた、粋のようなものが、光彩を放っていました。あの女はピアノを弾きました。伊藤氏からあの女の亡夫はあなた方の同僚であり、あの女の亡き父は、あなた方の上役であったことを知らされました。

器楽合奏しようということになり、あなたがアコーデオンを馴れた手つきで肩にかけました。あの女はピアノに向い、伊藤氏は童顔にハモニカをくわえました。私は吹きも弾きも出来ず、小太鼓を渡されました。私の太鼓は音楽の流れを外れ、とんでもない時にとんでもない高さで鳴り、皆の失笑をかいました。

「タータタン、タンね」

あの女は私とは違う仏像のような指で、優美にばちを叩きつけて見せます。私はどんなに努力しても、半拍子ずれて、太鼓を持ったことを後悔し始めました。そして合奏しようと言いだした女の意図に、悪意を感じていました。

「ごめんなさい、これこれ、これがいいわ」

あの女は私にカスタネットを握らせました。カスタネットは間違えても差支《さしつか》えなかったのを、鳴らしてみて知りました。皆に調子さえ合わせられずにいる私。あなたのアコーデオンは、あなたの言葉を吹き出すように、生々しく情熱的に響いています。カスタネットを滅茶苦茶に鳴らしても、音楽の流れはビクともしません。突然あなたは「おてもやん」を弾き出しました。同時にピアノの全音階が爆発し、あの女は仰向いて涙を落さないように、廊下に出て行きました。私はやはり局外者です。私の知らぬ世界がおてもやんの中にある。三人、いや亡夫と四人の世界、おてもやんは亡夫のおはこだったのでしょうか。私は何の為にここに座っているのか解りません、三人の中に何とか入ろうとするのですが、入れず、三人が笑えば、阿呆のように笑い、真剣になれば、真剣な目ざしをします。音楽を断ち切って、自分の愛している二人の男の前で、亡夫の為に泣ける、あの女の自由な振舞に目を奪われて、私はぼんやりしていました。私は自分を三人にどう適応させたらいいか、手も足も出ないでいましたが、あの女の芝居気が移ったのか、自分の出番を喜んだのか、あの女の後を追おうとしました。あなたは突放すようにアコーデオンを置き、私を押し退け、あの女を追いました。伊藤氏はそれへ言いました。

「放っておいた方がいい」

帰りの電車であなたは無言でした。その気難かしい沈黙の心は判っていましたのに、私はかぶせるように言ってしまいました。

「あのひとの鼻、隆鼻術をしたのよ、整い過ぎているもの」

あなたは私の言葉を断切るように、その時止った駅に俯いて下りてしまいました。私は思いました。あなたはどうして私の下車駅のベンチで、何回か私を待っていたのでしょうか、私は人に待たれたことがないのです、しかも異性が待っていた。私は有頂天でした。それ故に私にはあなたが素晴らしかったのです。私を待っているあなたに、待たれるに価するあこがれの自分の姿を見ることができたからです。私は父母の顔を知りません。私は小学校の休憩時間を、校庭の隅で地面を石で削りながら、過しました。遊びの輪に入れて貰えたら、皆の為に何でもするが、と思いながら。入ってゆく勇気もなく、誰も呼んでくれる筈もなく、遊び方を知りません。今もそのままの片輪な私でした。私はあなたの言う通り、勤めをやめてあなたと同居していました。結婚はどうでもよかった、待ってくれた人と一緒におればよいのです。あなたをどうしたら喜ばせられるか、小学生の頃のように、私は遊び方を知らないのです。

その夜私はあなたの好物の海老フライを揚げていました。未亡人のあの人はフライの揚げ方も巧いに違いない。私は海老フライを揚げても、あなたが喜ばないのを知っていましたが、海老フライを揚げるのは楽しいことでした。夜半あなたの部屋で急に話声がしました。あなたは庭から自分の部屋へ直接出入りしていました。呼吸のあった話声です。私は茶器に指を触れ、あの女を連れてこようがこまいがあなたの勝手ではないか、茶を出されても迷惑なこともあると思いながら、反面、二人の心のあり方を確めたいと思いましたが、心の交流を認めた時の狼狽を思って躊躇しました。私は顔を出さないことにして部屋に戻ると、お茶をとあなたが呼びます。私はそれを待つ気持もあってすぐ立ちました。襖をあけた時あなた方は、この家の夫婦のように向い合って腕枕をして横になり、話をしていました。私は一生この情景を、忘れることはできまいと辛い思いで見ました。あの女は私にはまぶしく輝いて見えました。途中で別れずに何故寄ったのかと思いました。あなたと一緒の時間を拡げて私に見せる為だったのでしょうか、あなたは肩を堅くし、茶碗を覗くようにして、茶を飲んでいました。お前達のせりあいに俺は関係ないよ、そんな態度でしたね。お茶を一口含んで、あの女は待たせていた自動車で帰りました。私はあなたの布団を敷きながら、あなた方の持った時間を想像していました。あなたの手が羽根のように柔かく優しく、肩に触れるか触れない程に、かすって、それました。その手に愛情らしい脹らみを感じたのは、私の空想だったのでしょうか、私はあなたの心を知りたいと、必死にあなたを見つめました。

「君にいい人が出来てくれるといいんだがな」

憮然としていうあなたに、家から出て行ってくれという、あなたの明らかな言葉が判りながら、口に出して言われないことで、自ら私はその答を遠ざけました。

「こういうことをしないで済むからね」

こうして貰いたいのだろう、という風にあなたはがっしり私の肩を摑みました。これは違う、あの指先の愛情の脹らみではない、乞食に食物を与える指だ。あのかすれてそれた指が本当なのか、この冷酷に体を開かせようとする指が本当なのか。

「ずるい」

私はあなたの手を払いました。玄関の三畳の自分の部屋に戻って、布団で口を被って嘲笑《あざわら》いました。自分をでしょうか、あの女をでしょうか、あなたをでしょうか、あなたが私を求めたのが嬉しかったからでしょうか。

私は私の住む駅前の灯りを避けて、シャッターの下りた銀行の角であなたを待っていました。雨がスカートを重く垂れさせていました。肉親を待つ人々が、改札口に蟻のように大切に傘を抱えて群がっていました。ものものしく傘を四、五本抱えている娘もいました。相手を見つけると両方が大仰に首を伸ばし、両方の群から二人はじき出されて、待った時間の長い屈託を取戻すように急ぎ足になって、雨の中へぱっと一緒になる。そんなことは私には起らないことは判っていました。でも私は立っていました。私は改札口に身近かな者を見付けて、ほほえみました。あなたは足元を覗きながら改札口を踏み出すと、頭に本をかざして振返りました。私は歩みを止めました。あの女でした。見られることを意識し、舞台を歩くように歩くので、疲れて目を濁らせた勤人の中で、充分人目を引いていました。女用の傘をあなたが広げると、踊り出すよう爪先立って、あの女はその中に納りました。あなたは私が何処かにいることは知っている筈なのに、知らないように自然でした。私はあなたでも女の物を持つ時があるのかと、傘から真直に伸びているあの女の足と、私のプレスした黒ズボンの側で揺れている、赤い風呂敷包みを見送っていました。あなた方は家と反対の方向に曲りました。見えなくなると二人に違いないと判っていながら他人のような気がしだし、追かけ、声をかけて確かめようとさえ思いました。間をとり過ぎる男の歩みと、バレー式に膝を伸ばした歩みは二人に間違いないと思いながら、私の待つ駅をどうして二人は選んだのだろうと、酷く疲れて帰ってきました。

家の近くで後から肩を叩かれました。伊藤氏が親しみのある笑顔で立っていました。伊藤氏は重そうに旅行カバンを持変えました。

「出張先から真直いらしって」

「あのひといないんでね」

「あのひとね」

「うん」

「さっき駅で見たわ」

「何処へ行ったのかな、聞かなかった」

「私、声をかけなかったの、悪いと思って……」

「変だな」

「変だと思う」

私は意地悪く、からかうような目付をして伊藤氏を見ました。

「君はあの女が他の男と一緒だったとでも言いたいんだろう。それが君にどう関係があるんだ、そんなことを、僕は君から聞きたくないし、そういう君も見たくないよ」

その目に嫌な私の姿がそのまま写っていました。しかし言いました。

「やっぱり御存知じゃありませんか」

「何が、御存知なんだ、君は今日は妙に底意地が悪いんだね」

私は伊藤氏が間抜けな自分であるように、腹が立って堪りませんでした。

「長谷川は今夜、帰るかどうか判らなくてよ」

私はあなたでない人には一刻も早く帰って貰いたくて言いました。

同じ立場の伊藤氏を、あなたへの恨みまで重ねて傷つけ、いたわり合えない貧しい自分の心を思いながら、楽天家の伊藤氏がさすがに重い足取りで、その場から去るのを見送っていました。

私はある夕方、あなたが確実に降りてくると思って、あの女の住む駅で待っていました。私が降りる客を一人残さず確めている姿は、どう見ても、逃げる男を逃さずと待構えている醜女《しこめ》の姿であろうと思い、あなたがそれを何処かで見てるようでもあり、見られずに、見える果物屋の角に移りました。

「あら……」

私は声に胸の中が赤くなりました。あの女が籠と洋服とが見事に調和した色調で、果物の愛敬ある色を従えて立っていました。あの女が着ると洋服でも命を持って来ます。そして男性は。私は店主の顔をちらりと見ました。主人は明らかにあの女の姿を、楽しむ顔になっていました。

「ここへどうして」

あの女は私の後にあなたが立っているような、疑い深い顔で問います。私は後にあなたがいないことで、裸の心を晒している気持になり、

「一つ先の駅まで来たのよ、ついでに歩いて見ていたの」

「伊藤は出張よ、是非お寄りになって」

どう……と私の心を押しはかるようにあの女は私を見つめます。私を、家に帰っているであろう、あなたに会わせまい為かしら。この駅にくる筈のあなたに会わせない為か。既にこの女の家にいるあなたを隠す為なのか。私は計りかねてあの女を見返します。あの女の部屋であなたと顔を合せた時の焙《あぶ》られる恥かしさが臆病にします。でも冷汗を流し続けた二時間の仕上げに、確めて見なくてはなりません。あの女の買物籠に干し椎茸が見えます。干し椎茸を煮て揚げたのは、あなたの好物です。

「ピアノ聞かせてね」

私は押しつけがましい親しさでついて行きました。あの女の家はカーテンが窓を塞ぎ、静ま

り返っていました。私は上がると、あなたが隠れていないかと、鋭く家中の気配に耳を澄ませました。しんかんと留守だった空気がただよっているだけでした。あなたの来る日でなかったのかしら、私は壁の画鋲の跡を辿っていました。

あの女は椎茸を揚げていました。私はあなたが家に帰っているような気がして落着きません、プリンを冷やしています。私のアイスクリームを食べてね、と私は帰る機会をはばまれます。私は帰されないようにされている気がしてきます。

「伊藤さんと一敏さんはよく一緒にお飲みになるようね、そうおっしゃってません」

私はあなたの苗字でなく名前を親しげに、口に乗せました。

「伊藤は、今、福岡よ、その前は札幌と出張続きよ、それに中企業だから、とても忙がしいのよ、飲む暇はないと思うわ、一敏さんそんなことおっしゃって」

ではこの女とあなたは毎日でも会える訳だ、私は舌に氷をのせられたように、食物の味がしなくなりました。私はあなたから、玄関から外のあなたの行動を聞いたことがないのに気がつきました。

「いやだ、嘘なのね」

私はこの点だけが知らないことだった、困った人だわとたしなめている風に、あなたを装って見せます。

「毎夜酔ってお帰りになるんでしょ」

あの女は見すかすように唇を歪めて笑っていました。

「ええ、まあ」

私は心の中で歯ぎしりします。

「あなた雨の日、うちの近くにいらしったでしょう」

「雨の日にねえー、あなたの街にいったかしら」

あの女の屈託なさそうな微笑の中から、そうよと挑戦するように鋭い目が覗いていました。

望み通りあなたの総てをものにしているのに、あの女はそれを自分で知らないようでした。私は顔がばらばらになり、繕《つくろ》えなくなり、言葉が走り出しました。

「一敏さんはね、切符売場で釣が五円足りなくても戻って取返すのよ、御存知」

「当り前よ」

あの女は愈〻《いよいよ》冷笑を浮べます。

「あなたの伊藤さんはお金に執着なさらないでしょ、大抵のものは自由に買わせてくれる。ね、そうでしょ、私、一敏さんから何も貰ったことないわ、逆に飲代迄みんな私が払うのよ」

私があなたの飲代を払う、それだけであの女は頰を透き通らせ、顔を打たれたようにそむけました。そして、

「あなたと一敏さんは仲がいいのね」

と祝福する顔になって、私に向いました。私はとどめをさされて口を結びました。

玄関の声があなたの声に似ていました。あの女のあとから覗き見に行こうと思いましたが、
この上嘲笑をかうのがいやで、足を動かせません。あの女を待って、

「お客様でしょ、私、これで」

「いいえ、家を尋ねる人だったの」

あの女は真直ぐピアノに行き、

「何がいい」

私はバッグを引寄せました。あなたに違いない、追いついて今日は是非一緒に帰りたい。

「ね、何にする」

「御迷惑でしょ、お疲れじゃない」

「いいのよ、どうぞ」

私は浮いた腰を落し、

「別れの曲」

と。振切って走れ、走れと叫ぶ声の下から、お前は追いつける時間内は動けないよ、虚栄心が曲が終る迄お前を動かさないだろうと。体が頑として座り続けています。こういう時いつも

こういう作用を起して、時間に逃げられてしまうのです。

駅から荒い息をしながら家に向いました。街灯のない住宅街は闇に道路が浮き沈みし、靴先が時に支えます。珍らしいことにあなたの窓が四角く灯に区切られ、隣の垣根を浮上らせております。

あなたがあの女と今夜は会っていない確証を得て、私は自信を持ってその灯に入って行きました。私は敷居に突立ち、

「私、あの女の所であなたの悪口を言い、軽蔑されてきました。何故私を叩き出さないの、そしてあの女と住まないの」

と言いました。

「あの女は好きだが、住みたいと思わないよ、君と一緒程勝手にできないからね。あの女には男はみな束縛されてしまう。君も自由にしてくれればいいよ」

「そんな魅力ある私じゃないのを、ばかにしているくせに……」

「まだばかにされたいの」

「それでもいいの、追い出されるよりは」

「ここにおいで」

あなたは私を子供のように横向きに膝に乗せました。私はテニスの為に二センチ長い右腕を

撫で、喧嘩しているように別々に動く筋肉をまさぐって見ますが、それはあなたに違いないが、本当のあなたには見えません。

「僕、裸になろうか」

裸になってもあなたが見えるものなのでしょうか、皮を剝いでも、肉を剝いでも、骨を抜いてもあなたは見つかるものなのでしょうか、あなたは何者なのでしょう。何故見えないのでしょう。あなたは冷酷な人でしょうか。優しい人でしょうか。あなたは人を愛することが出来るのでしょうか、できるならあの女を愛しているのでしょうか、もしかしたら私を愛しているのではないでしょうか。あなたを見せて下さい。本当のあなたを。私は心で叫びます。


ある日曜の午前中、買物から帰るとあなたの部屋にあの女の声がします。私はあの女に見せる為に急いでかっぽう着をつけました。襖を明けようとするとつかえてあきません。二、三回押しているうち鍵をつけられたのだと判りました。私は混乱し始め、今日こそ確認しようと庭のあなたの部屋の出口に向いました。何故鍵をかけるのか納得が行きませんでした。物干場を通る時、三叉《みつまた》が倒れ、飛上るような音を立てました。庭の出口にあの女が怒りを含んだ顔で私を見ていました。

「もうお帰り」

私は小さく言い、あの女の唇を疑い深く見ました。その唇をあの女は心持尖らせて見せました。

「いいえ、今伺ったとこ、角の家が工事中でしょ、庭から」

「私庭から歩いてきましたのよ、見えませんでしたわ」

「見えない訳ないでしょう、私幽霊じゃないわ」

「さあ、どうぞお上りになって」

あの女は注意深く私のかっぽう着を見て、

「ここで失礼します、これ一敏さんにお返し願います」

私は空耳を恥ずべきか、信ずべきか迷いながら右手を差出すと、あの女はその手を外し、音立てて床に本を置きました。

あなたの部屋と私の部屋の間に、半間のベニヤ板で仕切ってある所があります。あなたが散歩に出た隙に、私は小刀で柱側のベニヤ板を削り始めました。柱の間に隙間が出来ると目をあててみました。私は微笑しました、見えます。ここからなら遠慮なくあなたが見られる。真向いに本棚、その右に机、机の上に今立った人の面影を見せて、腕時計が輪を立てて斜めを向いていました。机の上に開かれたままのあの女の返した本が見えます。その上に広げられた便箋が見えます。折目が見えるのはあの女が挟んできたものなのでしょう。私は又しても、今あの手紙の指定した場所であなたはあの女と会っていはしないかと疑惑に包まれてしまいました。そして覗き見したことを後悔していました。

伊藤氏の会社が特約店主七十余人を歌舞伎座へ招待し、余った分であの女と、私とあなたが招かれましたね、私が行った時、芝居は始まっていました。私の席は二階の前列であの女の隣でした。その席の御夫婦は急用でこれなくなったということでした。私は座ると、舞台の灯に海坊主のように並んでいる頭の中にあなたを探しました。一階の中央に伊藤氏と思われる頭が見え、嗅ぐように隣へ顔を近づけ、共に頷いておりました。あなたはその二列前に見えました。女店主らしい、落ちついた地味な女と並んでいました。あなたは左右を見回しております。私を探すことなどないだろうし、あの女を探しているのかと思いますが、あの女が自分の席を教えてない筈がないと思いました。あなたは人を探しあてた様子もなく、立上りもしませんでした。眠っているのか時々俯いて、動きません。伊藤氏は仕事があるだろうし、今日はあなたは私とあの女とどちらと一緒に帰るだろうかと思いました。何かの具合で私と帰ることもあり得ると思いました。

舞台では「保名《やすな》」が踊られていました。物狂いした男が、額に片結びした長い紫の布に顔を打たせながら、奇麗に乱れ、美しく狂っていました。観客は狂気の美を楽しみ、憧れてさえいます。乱れた裾が音楽のままに、一歩引き、一歩踏み出して、狂気の凝縮したたおやかな指先で蝶を追います。

あの女はトイレットに立ちました。あなたは椅子の背に頭を乗せて体を倒しています。私は舞台に目を戻します。私もトイレットに行こうか、一緒なら戻らざるを得まい、隠れ蓑が欲しいと思いました。あなたの席が空になっています。私は動けずどっしり腰かけています。追いかけた浅ましい自分をあなた方に見られるのが嫌だったのです。私は追いかける自分、二人を捉えた自分を空想しています。見つかる筈もない時間になって、安心して探しに立上りました。無論、あの女もあなたも歌舞伎座にいませんでした。私は伊藤氏の大きい頭を一瞥《いちべつ》して外に出ました。銀座の灯が体を包みました。ウインドウの値段を一つ一つ読みながら歩きました、数字を読んでもその高低が頭に入りません。銀座の作りものめいた花やかな店舗や人は、私には馴染めないものでした。あなたもあの女も伊藤氏も、あなたの家も、私には何となく疎遠に思われます。だが、私もあの女や、銀座の女達のように、異性に伴われたいと思いました。誰でもいい、私と並んでくれる人がいないかと思いました。私は迷いこんだように歩いていた薄暗い横町から、突然赤い旗のはためいている、明るい電球をつらねた映画館の前に出ました。映画館の前というものは、立つ者を中の映画の続きのよう、ストーリーの中に立たせてしまう雰囲気があります。私は看板を見ているような恰好で、あなた方は今何をしているだろうと想像していました。

「ねえさん、一緒に見ようか」

私は現実に戻され、意味を確めるようにその顔を見ました。前から呼ばれていたようです。見覚えのない顔です。ごむのように滑らかな皮膚をした、赤ン坊のように総てが丸みをもっている中年の男が、看板の方を向いたまま言っている。

「な、見ようよ、一人で歩いたってつまらないだろ」

私の物欲しい心は丸見えだったのでしょうか、物欲しさを知られたことで、男に同類の親しさを感じていました。男はついてくるのが判るように、入口に向って歩き出しました。私はついて行きました。私はあなたにまつわりついているが、あなたを愛しているのだとは、今でも確信をもって断言することが出来ない。あなたが必要なのは確かである。又あなたによる将来の生活の安定を考えている。生活の安定ならあなたでなくていい訳だが、やはりあなたであって欲しいのである。あの女はあなたに対して、又伊藤氏に対してその点どうなのだろう。消えたあなたは、この見知らぬ男程遠い未知の存在だ。映画館の席に落着くと男は魚臭かった。扉の隙から小便が匂っていました。男は座るやいなや、私の膝に指先の太い手を置きました。男には女とは皆そういうものだったのでしょう。私は作りかけていたこの男の美しい映像を、こわされていました。映画館を出ると、男は一直線に目的に向うよう、急ぎ足に歩き始めました。

私はあなたにあしらわれたように、男をあしらってみたくなっていました。

家庭風な玄関で、おかみは肉親のような素気なさで、宿帳を差出しました。男は押し返し、

「ああ、いいように書いておいてくれ」

と言いました。おかみは軽蔑と、同情の混った表情で私を見、案内に立ちました。男が障子を明けた時、私はそんな女じゃないと男に優しく笑いかけながら、引返そうとしました。男は私の肩を鷲摑みにすると、敷居の上に私を押倒しました。体が半分部屋に入って、背中に敷居が当って痛みました。男は私の腹に脹らんだももを重ね、足で押えたまま、両手で私の肩を摑み、私の上半身を高く持上げると畳に叩きつけ、叩きつけしました。その度に頭がくらくらし、部屋が伸び縮みして見えました。隣りの障子が明き、浴衣の衿を突合せにつまんで、少女が現れ、私を覗きこみ片目をつぶって見せました。私は下から笑い返しました。

「判ったわ」

男は座り直し、玩具の包みが開くのを待つように待っています。私は自分の孤独を満たすより、男の孤独を包んでやっている気がしました。男は猫より忙がしく、虎より荒々しく行為に没入します。行為のもたらすものはあなたも男も同じでした。男と女の瞬間、瞬間があるだけです。名前不用の男と女、これが本当は一番自然な男女関係のような気がします。生物に妻とか夫とか、恋人とか所有権を持出すから、面倒になり、からみあって複雑になり、私のように

なるのだと思いました。無責任なこの行為は、自虐的な快感を伴います。男と私は門から左右に犬のように素早く離れました。

家は真暗でした。あなたの部屋は庭の方も廊下側も鍵がかかっていました。隙間に目をあてると、人の気配がします。咽喉の奥から、悲しんでいるような吐息が聞えます。私は暗い部屋に向って、目を大きく見開きました。灯りを消されることを計算に入れなかった自分が滑稽でした。煙草の火がほたるのように大きく弧を描きました。私を揶揄《やゆ》しているようです。私は自分が見られたと思い、隙間から飛離れて床に戻りました。隙間にあなたの目玉が動いたように思いました。が、こちらも暗い覗き見が判る筈がないと気がつき、隙間に静かに目を寄せました。煙草の火は又飛んで、雲のような、綿のような白いふんわりしたものを一瞬照らしたが、喰い入るようにその中へ埋もれました。唇の隅を鳴らして、女の声が呑みこまれました。私は自分の肌に火をあてられたように、同じ音を口から出していました。火はそれっきり消えて、女の声も、あなたの語りかけるような息もしません。あれはあの女の肌だったのかしら、それとも灰皿だったのかしら、確める方法がないものかと思いました。闇は何時迄も闇のままになりました。あなたが中から鍵をかうなら、私も外からあなたの部屋を明かないようにして、あの女を燻《いぶ》り出すのは面白いと思い始めました。何か強力なもので、この三人の関係を粉砕してしまわない限り、愚かしいこの妄執から逃れられないとも思いました。私は火をつける自分を、自分達三人の焼死体を空想しているうちに時間が経ちました。私は夜明けに促されるよう、台所で睡眠薬を飲み、灯油の罐《かん》を庭に持出しました。あなたの部屋の廊下側の襖には、こちらからもつかえ棒をし、庭の出口のドアの鍵穴には釘を差込んでおきました。これであなたの部屋からは鍵も穴に入りませんし、襖も開けられません。灯油を玄関のドアーとあなたの部屋の庭側のドアーにかけ、先に庭のドアーに火の新聞紙を暫く押しつけていると、炎は立って油の面を四方に突走り、軒まで上りました。その高い炎に自分が驚き、玄関のドアーに、新しい火の新聞紙を投げつけ、逃げ出しました。あの女の所在を確かめたかったのですが、臭いという声が隣りでしたようにも思ったからです。

私は体がなまこのように柔かくなって、足からまるまるように崩れて、道の側の林に倒れました。溢れる乳に浸っているように、回りの総てが白く、自分もその中で溶けて行くようでした。消防車のサイレンが鼓膜を破る程近くを鳴って通り、暫くしてプツンと消えます。追うように反対の方角から、一台、又一台、音で道筋を描いてきます。その後から、違った軽いサイレンの音が、逆にこちらにくるようです。

私は綱のように組まれた腕の中心に捉えられていました。三人の警官が、私の手が石油臭い、臭いと言っています。私がもがけばもがく程、その腕はつなのように私を締めあげ、体が痛みました。私はパトカーに押込まれる時、

「一寸、家に寄って下さい。みたい人がいるんです。女の人がいたでしょうか」

と聞きましたが、頭を車に殴りこまれ、意識を失いました。

私は「現体」即《すなわ》ち建造物放火罪で五年の刑に服しました。


あなたのがんは肝臓に転移しました。足が象の足のように、太ももも足首も同じ太さで膨脹し、渋紙を張り合せたような厚い皮をしていました。足の違和感に苦しむあなたは、足を丸太のように手に持って、右に転がし、左に転がししていました。私は休みなくその足を追いかけてさすります。

「さすったって、さすらなくたって同じじゃないか、それで満足している顔が、お化けのようにうっとうしく重苦しいよ、どっかへ行ってくれ……」

私は甘えられて、唇をゆるめ、食事の仕度に立ちました。

私は平目の煮たのを箸でむしってあなたの口に運びます。おかゆは二しゃじ、平目は四箸しか、あなたは食べられませんでした。

「君はこの病気はうつらないと言ったろ、うつらないんだったら、食べて証拠を見せろ、皿の残りを食べて見せろ」

私は茶碗に残った三分がゆを口に入れました。吐瀉《としゃ》物のようにぬるぬるしていました。私は放火まで犯した心の形を、愛に定着させたかったのです。それが私の生きてきた印となる筈でした。その他に生きた印が何もないのです。

「おいしいわよ、どうして食べられないの」

私はあなたの残したおかゆも平目も、皿を舐めるよう奇麗に食べました。

「豚のようにぺろぺろ食べやがる」

あなたは堪らないようにいい、顔をそむけました。

数日のうちにあなたは何も咽喉へ通らなくなりました。水、水と呻き声と一緒に叫び続けますが、りんごの絞汁を口に入れてもすぐ吐き出します。水も同じです。体中から絞り出す呻き声が、一日中家を震撼させています。私は呻き声に漬《つか》りながら、あなたを愛したとしても、あくまで自分の為で、あなたに決して何ももたらさないことを、深く知りました。呻き始めると注射を打ちながら、四日間何も食べずあなたは眠り続けました。五日目あなたは父親のような顔で私を招きました。

「あの女のことを聞かないね。あの女は伊藤とも僕とも決して結婚しない。我々と関係のない人と見合結婚するんだと言ってね、君が連れて行かれてからすぐ別れたよ、判ったかい」

私は黙って、あなたの鰐の尾のように、ささくれだった腕を握っていました。六日目注射が切れるとあなたは厳粛な顔で大きく目を開きました。耳をあなたの口に近づけると、

「女だ、女を持ってこい」

と命令します。私はあなたの目に指をかざして見ました。あなたは私の腕をしっかり握って、指から私を食べるように、口一杯私の五本の指を頬ばって、きりきりと噛みました。私は痛さに堪えながら、愛されるというのは、こういう時の、この痛さを指すのではないかと思いました。あなたの死を前に考えたのはそれだけでした。あなたにとって一生かけた終りのこの一瞬に、痛くもかゆくもない私は、自分の愛のあり方等を考えている。あなたがそうであったように私もそのような冷たい女でした。こうしたあなたの死が目前になかったら、一生得られなかったろう、異性とのつながりを確めて、あなたの近い死に涙をこらえながらも、あなたを愛し得たと、自己中心の喜びにひたっている私でしかなかったのです。許して下さい。あなたが存在していたことも、今ではどうでもよくなりました。私が見たかったのは、自分の中の、失われた自分への愛だったのかも、知れません。私はもうあなたを死なせてもよいと思いました。

御存知ですか、あなたはその翌日死んだのです。

老人と鉛の兵隊

老人は五十センチ四方の台の上に、小指程の鉛の兵隊を数十並べていた。公園の入口の秋の陽に葉を乾かせている楓《かえで》の下である。小学生から幼児まで十数人がそれを囲んでいた。ボートの櫓の音がにぶく聞え、公園でも珍らしいトンボが柵に止まり損ねていた。トンボは陽を透き通らせた尾の方の羽根をぴたり柵に下して、棒紅の体を静止させた。

子供達の上から大人が覗いた。あの女である。老人の前に足を止めたのは初めてである。或《あるい》は最後にもなるだろうと老人は思った。

あの女は他の女と二人連れであった。あの女は学生が見たら席を譲りたくなる年齢に達していた。横から見るとふくよかだった額や頬は、早くもしゃれこうべの形を透き通らせ、額も肉が落ちてつるりと丸く、叩けば音のしそうな堅さに思われた。だが地肌のすける髪をふくらませ、一本の乱れもなく、つやつやと結い上げているのを、老人は一瞬のうちに見てとった。二人共帯を下めにゆるく巻いて、白のレース袋の中に裸のみかんを二つ覗かせていた。中に飲食店があるのに、病院から持参したみかんに女のつつましい生活を見、池のベンチでみかんを食べる女達を想像した。女のゆったりした足の運びと立止り方に、老人は、女がも早、自分の人生の総てを見透し、女なりに、女の場所で、生きる芯をしっかり摑んで、ゆるぎない落着きをとり戻しているのを知った。老人は公園で患者のする、運動の為のバレーのパスの練習に、女も加わってくるかもしれないと、女をもとの若さに考えていた自分が滑稽であった。

自分が演ずる戦争ごっこが老人には面白い筈はなかったが、大人達の興味をも引こうと、歯のない洞《ほら》の口をあけて先ず自分が笑いながら、

「突撃」

と言うと台の下で磁石を走らせ、回した。右に二列横隊に並んでいた赤い広いバンドに、チャップリンのように大きい軍靴をはいた兵隊は、ヒョコヒョコとおじぎをしながら進み、矢を背負い、花笠のような楯を構えたインデアンの群に突込み、両者斜めになって渦を巻いた。人形達は倒れてもそれぞれ驚いたように跳ね起きた。子供達は兵隊達のあやうげな走り方と、表情がないだけに滑稽な起き上り方が面白く、上体をしゃくり上げてたあいなく笑った。老人は磁石で子供をあやつっているのを見透かされている気がし、別に苦い思いをしている訳ではないが、はにかんだ。女達はそこで歩を移したが去ろうとはせず、老人の側にあるベンチに腰かけた。

「それでね」

連れの女の言葉が老人の所迄聞えた。

「私の退職金の二百万は妹に使われてしまっていたのよ。事後承諾になったけど、借りたわよ、と言うのよ」

「その金があったら、すぐ退院できるのにね、きちんとしておかなかったの」

「妹がね、だってあんた何も判らなくなっていたじゃない！　っていうの。そんなことってある……。妹はそれを足して家を買い、子供のピアノも買ったの。私は将来のことを思って、チリ紙も節約していたのよ。妹が解らなくなってきたわ。兄妹の中で私を数回退院させ、引取って面倒をよく見てくれたのも妹なの、勿論十日も経ずに再発したけれど。姉さんすっかり元通りよ、と素直に喜ぶ作らない肉親の笑顔と、退職金を使ってしまったという妹が、どうしても私の中でつながらないのよ」

「私が妹さんだったら、やはり手許にそんな金が転がりこみ、持主の姉は一生病院を出られまいということだったら、早速活用するのにそう抵抗を感じないと思うわ。それ程人間ってあやふやで信用できないものなのよ。あなたの退院する時の為に、貸間でもできる古家でも、買っておいてくれたら、と入院しているあなたは思うでしょう。それが甘いのよ、入院していようと、一生退院できまいと、ひょっと退院できるようになろうと、自分のことはどんなことをしても、自分でするしかないのよ。始めから妹さんを信用しなかったら、腹に据えかねることも、ふてぶてしくそんなものかよ、と嘲笑える余裕ができるでしょう。人間は妹さんのようにするのが当前のようだと思い定めてね。

又はあくまで妹さんの優しさを素直に信じて行くことよ、その笑顔も又本物なのよ。あなた自身肌でそれを感じ、信用している筈よ。あなたから聞く妹さんは、金を返しそうに思われる。この場合思われることを信じて間違いないと思う。妹さんは自分が死ぬまでに一銭でも余分の金ができれば返すと思うわ、徐々にね。何故なら人間って死に近づくと、仏身に変身して、生臭さやいやらしさが消えてしまうものなのよ、私保証できるわ。

精神科は近親者が引取らないと退院させないでしょ。あなたはもしかしたら、二百万円を道路にばらまいたかも知れないのだと、妹さんは理由づけているのでしょう。国の医療保護で入院させ、退職金を浮かしたのはこの私だ、本当は無くなっていたのだ、とも考えているでしょう」

「あなたはそういう目にあっていないから、そんなのどかなことが言えるのよ、とても……」

「私も同じよ、計算すると八十万程残っている金が金の管理をしている姉に、請求して通帳を見せて貰ったら、一銭も残ってないの、でも私は一度もそれを口に出さないの、自分の為にね、それはそれでいいと思っている。姉は一生金に縁遠い生活を続けていたから。姉の真剣に私を案じている思いやりの方を大切に受けているのよ。私の狂ったこともある精神の中で、美しい面の心をその為に見失いたくないの、姉の本当の心をも見失わない為にもね、良くなっていながら退院できないと、考えが陰にこもるわね。社会に出たら考え方も変ってくると思うけれど」

「そうなの、私の妹は返すと思うの。でも七年前の二百万と今の二百万とは内容が違うわね」

「四百万位の価値はあったわねえ……お金等病気のよくなったことに比べれば問題じゃないわ、又稼げばいいじゃない。お互いに再出発のことを考えましょ。こんな話、折角の外出日に止めましょ。池を回りましょうかね」

「そうね」

二人は立上ったらしい。小さい見物客ばかり多くて、老人の兵隊は一個も売れていなかった。老人は女を見たから帰ってもよいと思った。回りが賑やかになり、小学生が台東区立の校旗を立てた教師に引率されてきた。入口はたちまち学童の黄色い帽子で埋まった。老人は台東のような雑踏する街の子供達を遊ばせてやりたい公園だと思った。あの女の連れは、着物も足袋も下駄も新品で、おのぼりさんのように回りに心を奪われ、翼を広げて生徒を包みこむように、生徒達の隅々にまで目を配り、洟《はな》でもたらしている子がいたら飛んでゆきそうにした。連れは、自分よりはるかに顔も汗に汚れ、服も崩れ、パーマの髪を乱した中年いや老年にも見える教師を見つめ、

「思い出すなあ！　今でも教え子から見舞にきたいって手紙がくるの、でも病院の中の私見られたくないの」

「あなたは若くてうらやましい。病院のことなどどう思われようといいじゃないの、今のあなたそのものは立派よ、おかしいわ」

女は連れに小学生がよく見えるよう、枯れて角ばった体をずらせて、友の関心が自分に戻るのを、自分も生徒を眺めながら待っていた。

女達は黄色い帽子に混ってゆっくり光に包まれ、導かれて、木立の間を野鳥の群れる池に向った。女達のシルエットのふちから光の炎がはみ出て、大きく小さく燃えているようだった。

老人はあの女も俺と考えることが同じになってきたと思う。女の年をとるのが遅すぎたような気がした。老人はこの頃食事を始めると必ず吐気がするようになった。別に痛みもしないが理由の見当らない吐気は不安だった。医者は「心配するようなものは何もない」という言葉と二日間の薬をくれたが、老人は吐気の為にではなく、不安の為にこの頃漢方薬を飲んでいる。そして歩けるうちにあの女をもう一度見ておかなければならないと、ここに店を張っていたのだ。だが老人は街に腰かけて、通る人々と共に生き、脈打っている自分が好きなのである。足を余計ものののように引張って歩き始めの幼児が通る。あの子が大人になる頃まで俺は生きていないが、どんな街でどんな世の中になるか、墓の土をのけて覗いてみたい気もする。あの幼児と同じにしてやろうと言われたら、喜んで魅力に満ちた先の世も生きてやるのだが、そうもしていられなくなったと思う。老人夫婦が通る。お互いに相手が先に死ぬだろうと考えて、歩き回れるうちに、回らせてやろうと機会あるごとに連れだって出掛ける。公園の自然の中に、銀座、浅草、新宿、伊豆、日光、そして故郷へ……。

老人は早逝した妻を思い浮べる。妻は戦後の食糧難の時、三人の子供に食べさせるのがせいいっぱいで、自分は余り食べなかったのではないかと、死んだ者に飾る花輪のように、老人は思い続けている。

妻の死んだ後、部屋を一部屋貸すことにした。そしてあの女と姉がそこに住みついた。女は夜の床は勿論、朝の床の中でも会社の調査資料や、帳簿と首っ引きしていた。姉もBGだったが炊事一切をやらされていた。ある夜半庭にコンロの火を赤々と起して姉は、妹にカブや人参、買出してきたじゃが芋を投げつけてののしっていた。女は、じゃが芋の土で髪や顔や肩を汚されていたが、離れたら大切なものが壊れるように机に齧りついていた。姉は一回位妹に食事の仕度をさせようと、横になって待ったが、一向に妹は動かず、腹はへるし、疲れて仕事は嫌だし、ついに苛立ちを爆発させたものらしい。「今に喧嘩もできなくなる」と老人は思ったものである。

ある日、前日迄屈託もなく姉と笑いあっていた女が突然自殺未遂をした。取調べの刑事に女は、人生の素晴らしさを吸収して生きる能力のない、自分の劣等性が口惜しかったのだと言った。それでも姉は、尊敬さえしている、会社でも役付の妹の自殺未遂は不可解で、只驚いているばかりであった。今、老人は、あの女も生きてきてこの世が、死んで口惜しがる程実りも豊かに華麗な所ではなかったと悟って、死んで大損をするところだったと笑っているだろうと思った。

姉が結婚、やがて晩婚ながら女も結婚して出て行った。間借して七年目であった。女は間借している間、三人の子供に年齢別のクリスマスの贈物をくれた。老人はその頃中央の郵便局から帰ると、夕食のたくあんや菜をきざんだ。友人は一人もなく、話すのは子供達と、米の味や、安い店のマーマレード等の値段のことばかりであった。贈物をくれるのは毎年女一人であった。女が越したあと、柱に短冊がよじれてかかっていた。

床の中に母亡き児等の寄りあいて、話しいるはクリスマスのこと。

と書いてあった。老人は和歌など、いや本も余り読まないので、上手下手はよく判らなかったが、感激する程でもない歌を、下手な字で堂々と張り出し、署名までしているのに女の若さを感じたものであった。

老人は年はそれ程でもなかったが、その頃から老人だった。女は老人として見、老人として扱っていた。遠い親類の老人、そんな扱い方だった。

老人は停年になった。女が越して又七年経っていた。老人は女の転出先の近くの小学校前の、道路をへだてた雑木林に、初めて台を置いた。店を出して十日目頃だった。

夕方正門を出た子供達は、時間中のうっ積したものを発散させるように、ランドセルを負ったまま林に入りこみ、何とはなくたむろし、体をぶっつけあい、木の枝をしなわせ、上履を奪いあった。七、八人が老人の台を囲んだ。老人はロケットの玩具を並べていた。ケースの中にロケットの軌道の三つのアーチがあり、ロケットは先を上向けて垂直に軌道を登り下り、平地を回り次のアーチに登る。老人が軌道のポイントを切替えると、ロケットが終点で自らを回転させて戻り出すのを、横から見ればしかけが判るかのように、顔を台と平行に寝かせて見ている子供もいた。

その時女が買物籠を下げて道路を行くのを老人は見た。女は歩くことに全精神を打ちこんでいた。確かに老人を元下宿先の主人と認めた目付だったが、歩くことの関心から彼女をそらすことができなかった。一見して病気と判った。時間を無視したのろさで、自動車から身をよける時は、急に振向くと倒れるらしく、ゆっくり体ごと後を振向いて元に戻した。だから度々は振向けず、自動車に轢《ひ》きたければ轢いていってくれ、と言うように、足の向いた所を、左右にゆれながらたよりなげに一歩一歩に歩いていった。帰りは大根をその籠から覗かせて戻ってきた。大根の買物が念願だったのかと老人は思った、女は老人の方を振向かなかったが、顔に染みついた不安の色はあったが、充分に大根のショッピングを楽しんだ興奮のあとが見られた。

女はそれきりその通りを通らず、入院した。

女の入院した国立病院正門前の橋の袂に老人は台を出した。商店のスピーカーのアナウンスが、老人の頭を押さえるように落ちかかり広がった。患者達は耳に、頭に包帯をしたし、寝巻にオーバーをひっかけ、ズボン下を覗かせて、ひょうひょうと橋を渡った。寒風が足元から、襟首から吹きこみ、老人は靴をことことと鳴らして堪えていた。老人には女がベッドを離れられるのかどうか判らなかった。又女の病室の窓が橋に面しているか、女がすでに老人を窓から見つけているかどうかも判らなかった。橋から五階建の病棟の窓は真正面に見え、ガラスは陽を反射していた。三階の二つ目の窓に、女によく似た女が、長い髪を赤いようなリボンで束ねて前に回し、しごくように撫でながら毎日窓ぎわで長いこと街を見下していた。あの女にも前髪を掻き上げて耳にたばさむ癖があり、髪をいじる点で似ていた。その女はあの女より背が低いようにも思えたが、窓の中で見極められず、女にしては広い肩とやや前向きの首根の特徴があの女のようにも思われた。

女は三ヵ月経っても老人の前を通らず、正門から出たことがなかった。老人は四ヵ月目頃から店を出すのが三日目ごとになり一週間目になり、ついに一ヵ月に一回位になった。そして一年女の通るのを見ることがなく、橋の袂の台を引き払った。

老人は数日前、生きているうちに女の生死を確めておこうと、女の住む区役所へ調べに行った。女は既に離婚され、若い妻がその後に入り、二人の幼い子供まであった。女の転出先が郊外の精神病院であったのは、老人を驚ろかせたが、そこまで行きつくのには、老人の計り知れぬ、それ相応の苦悩もあったのであろうが、今日の女からはそうした、陰湿にくすぶる情炎のあとも、嫉妬、怨恨《えんこん》の色も、うかがい知ることはできなかった。果してあの女が自分が既に離婚になり、その後に若い妻と子供があることを知っているのか、どうかも老人には判らなかった。しかし今知らされても、女はあの落着と豊かさを失うことはあるまいと思われる程、女は毅然《きぜん》としていた。

髪の花

母上様、三回目の手紙をさしあげます。前の二回の返事を随分待ちましたが、ついに下さいませんでしたね。一回目は自分の名を思い出せた喜びを先ずあなたに知らせたくて、まだ記憶に戻らないひらがなの二つ三つを友人に聞きながら書きました。私は昔きっとそうであったように、段々一人前になれるような気がいたします。どうぞお見守り下さい。

これからも一月に一度ずつお便りいたします。

先生は私に、あなたは何者でここがどこか知っているかと聞かれて、名は貝塚ふさ子といい、この精神病院の患者であると、すらすら答えることができました。それから三月経ちました。古い患者が、あなたはたしか入院してから七年目だと教えてくれました。言われれば七年目にも、或《あるい》は四ヵ月目にも思えて私にはよく判りません。

私は思い出せない母上様に向って手紙を書いています。私にも母があった筈なので、あなたの生きている可能性の方を信じています。母の亡い患者は、家族が再発のさいの事故発生をあまりに恐れ、複雑な家庭の事情もあって、押して引き取ることもされず、病院で一生を終る人が多いのです。母のある患者は、総てに目をつぶって、何回でも退院させられています。私も母上様が私を見つけてくれたら、そうして貰えるものと信じています。

私が描いている母上様は、幼ない私が弟妹達と争って掛けても、二、三人そっくり腰かけさせられる、腰掛け心地のよい、広い仏像のような膝を持った母、独特の日向《ひなた》くさい体臭がして無口であるが、その匂いに包まれてはしゃいでいると酷く安らかである。だが顔がどうしても想像できません。何処の人か、私にかかわりがあるのか、ないのか、何をする人か、沢山の顔が浮かびますが、あなたらしい顔は浮かびません。お会いしても名乗って貰わないと判りません。病院の友人は私も病院に捨てられたのだと言います。でも私の親や兄弟が私を捨てるようなことをするとは思えません。届いても届かなくても私は手紙を書き続けます。友人達は出す手紙の住所を暗唱していて、すらすらと封筒に書きます。時々返事がきて、私に見せてくれます。私が一番困っていることは、母上様の住所を知らないことです。でも住所を知らないからと手紙を書くのを止める訳にはゆきません。私はお話しがしたいのです。心の奥の誰にも言えないことを全部聞いてほしいのです。私があなたと住んだ土地なのか、又は私が結婚していて夫と住んだ土地なのか、遠い昔の知人の住所なのか、目黒区八雲二丁目二番地という住所が時々口をついてでます。私が知っている所番地は世界でそれだけです。果してそういう所があるかどうか知りません。でも私はそこにあなたと住んでいたことがあると思いこみ始めています。いや、思いこむことで、あなたへの手紙を書ける状態にしておきたいのです。母上様、どうぞ住所とお名前をお教え下さいませ。私は一応目黒宛に名前を貝塚様として手紙を書き、看護婦に投函して貰うよう頼んでいます。封筒はあけたままで渡して、看護婦が中を読んでから封をして出してくれることになっています。封をしていては受付けてくれません。妄想で迫害を受けているように書いてある場合出して貰えません。時には重い罰を、大抵は軽いが、罰を受けることがしばしばありますが、それを書いては出して貰えません。文になっていない支離滅裂の手紙はその場で破かれます。私の二度の手紙は、はいはい出してあげますよと、優しく優しく言って看護婦が受取りましたが、果して出して貰えたのか、戻ってきたのか、出さずに看護婦が破り捨てたのか、戻りもせず、返事もこず、破り捨てたとも言われず、私にはどうなっているのか判りません。私は私の日常を書き続けます。

母上様、あなたは何歳なのでしょう、先生は私を三十歳だと言います。先生が年を決めてしまうのはおかしいと思いませんか。

あなたが亡くなっていたら、座敷の病室で、ダンボール箱を机がわりにして、手紙を書いている私のそばで、それを読みとっていてくれると信じています。

私のいる病棟は六病棟あるうちの第三病棟で、患者数は七十人、重症病棟と退院間近い者のいる開放病棟との中間の、軽症病棟であることは前にも書きました。その殆《ほとん》どが時には波があるが、それ以外は全く正常です。ただこの病棟は開放病棟と違って、閉鎖されていて、退院したくも引きとり手のない患者が集められています。殆ど国費で入院しており、国から貰う日用品費も千三百円では外出する金も残らず、家族のいる患者が、面会の時届けて貰ったりんごを、剝いて食べているそばから、その皮を貰って、歯で皮をしごいて味をみる程なので、一度の外出も外泊もできず、一生をこの病棟で終えます。たまには退院できる可能性のある患者がまぎれこんでくることもあることはあります。私達にはその人が、全く別世界の人間に思え、何故その人は外泊、外出、退院ができ、私達はできない運命に別れているのか不思議でなりません。

まぎれこんできた一人に、電気王といわれる夫と、上品な三人の男の子を持つ河合しず子さんがおります。病状のよい時は夫と子供達が迎えにきて、西武園などに外出してきます。私達の持っていないハンドバッグを持っていて、鍵を外してドアーから出されると、忽《たちま》ち立派な母親と化して、元気な所を見せる為に、庭でのびのびとキャッチボールをしている子供達を、指を上げて甘い声で呼びます。子供達は号令をかけられたように駆寄ってきます。私達には雲上人であり、確固たる正気の代表である女医程の頼もしさで、代る代るのおしゃべりに、口に耳をつけて些細なことも聞きとめてやっています。私達は患者以外の者を、自分の意志に従わせる力がないので珍らしくて、格子窓に折重なってそれを見ています。しず子さんには外出するなど当り前のことなので、申し訳に私達に軽く手を振って、茶色の車に乗りこむのです。

私達は一ときしず子さんの一挙手一投足に自分の姿を重ねて、今窓から見える、区切られた庭の外の世界を空想し、車の中に夫と子供に囲まれている夢を見ます。

テレビで見た、自動車で走る両側の畑には、里芋の大きな葉が重なってゆらぎ、ねぎ坊主が頭を並べている。さつま芋の葉は勢いよく道まではびこり、その道端にひなびた食料品店や八百屋が三、四軒肩を寄せあっていて、八百屋で、片手に包紙にくるんだ帚《ほうき》を下げた主婦が枝豆を手にしている。手の平程の赤いミニスカートをはいた赤坊を腕に腰掛けさせ、他の手に風呂敷包みの風呂道具を下げた若妻が通る。手拭いを被りトマト畑の雑草を引き抜いている老夫婦が見える。道は何処までも続いて私達の通るのを待っていてくれる。男達は家にいる女達の為に働いている。自分の為に働いてくれる者を持っているとは、何と凄いことだろうと思う。その何でもない世界、それが私達は欲しいのです。

たとえ夕方には病院に戻らねばならないとしても、一ときでも人間らしい生活を味わってみたいと思います。

しず子さんは二、三日前より病状が悪化しました。十二畳の病室の真中に地蔵そのままの丸い肩と、丸い膝を揃えて座り、終日壁に目を据えています。時々まばたきするだけです。頭の中に幾種類もの妄想が、同時に八方から稲妻のように明滅して、それを一つもこぼさず意識させられ、見せられるので、めまぐるしく神経がぼろぼろになる程疲れきっているのです。油汗を流しながら捉われて動けないのです。

各病室の床下に、一人の布団の位置の下に一人の男の割合で、自衛隊の服の男達が、びっしり潜んで、夜になるのを待っている。患者達が熟睡したら一斉に犯そうというのだ。勤務室の看護婦のベッドの床下にも二人いる。薄暗い床下で全員ことりとも音をさせないで、獣のように猛々しい肩をして、うずくまっている。隣りで静かにレース編をしている患者や、看護婦に知らせたいが、怖ろしくて口に出せない。体がこきざみに震えてくる。夜がこわい。逃げたいがどの道も飢えた自衛隊員で、真黒に埋まっている。

一方で別の自分が、群青の空の真白いふくふくした入道雲の上に、一枚の紙になって抵抗もなく飛ばされている。先程から下りたいのだが下りられない。内臓も頭も足もカラカラに乾き、繊維だけになって、サヤサヤと音を立て、目が痛い程白く晒されている。そよりとした風にもとんでもない方に飛ばされて、気を失いそうになる。火に煽られれば、紙の中で動いている小さい自分が、墨絵のように浮かびでる筈だが、太陽の光では自分が現れようがない。雨が恐ろしい。ネリが流れて、水の影絵のように足から溶けて崩れて消えてしまう。

下の麻雀牌程の屋根の上や、マッチの棒程の線路や、木の上に、蝿のように真黒に集った人人が、手に手に松明を燃やして、不思議な紙を焼こうと待ち構えている。叫んでも届かない、咽喉が乾き水が欲しい。休める所が欲しい。私は人間であることを証明したいが方法がない。空は私に関知せず、透明に広大無辺である。限りなく漂っているしかない。

又別の自分は、薬罐《やかん》頭の大男に手を前に縛られて座らされ、青龍刀で肢《あし》の肉を裂かれている。覗いてみると、肉はピンクの磯巾着のようにひらひらと捲《めく》れて、奥から石のような骨が覗き、その骨が私の顔になって、ほほえみかけていると思ったら、その真中に電気鋸の刃が喰いこみ、その顔は苦痛に歪み、真珠をぽつりぽつりと目から落す。私は可哀相だと思う。足の間は真珠で埋まる。電気鋸が頭に突抜ける音を立てて骨に喰いこんでゆこうとするが、骨はその刃を弾き返すほど堅くて、身のよじれるような痛みが全身を貫く。早く切断が終らないかと思うが、最後の一個所で、何時間も鋸が回っていて終りはない。

三つの自分を冷静に眺めている四つ目の自分がいる。一つの頭の中で同時に沢山の自分が勝手に行動し続けて休みがない。

私も経験者なので、その疲労困憊《こんぱい》の辛さが判るのですが、中に入って除き安らかにしてやることができません。

諦めて置物になったしず子さんを目の端におきながら、私は自分の遊びをします。着せ替え人形のように、自分を女優にしたり、夫を捨てた女にして、楽しみながら中庭を眺めています。

看護婦が食事を運んできて、おかずのいり玉子と二、三本の春菊を全部、飯の上にあけて掻き混ぜ、しず子さんの鼻をつまんで仰向かせ、さじで口に押しこみます。鼻をつままれて否応なく口が開くからです。しず子さんは押しこまれても飲み下す術を忘れています。看護婦は仕事が後につかえているので、押しこめば自然に飲み下すかと、忙がしく次々と押しこみます。しず子さんはふぐのように頬をふくらませ、苦しくなって半分吹き上げて、畳に散らします。看護婦は諦めて去り、口に残った飯はやがて腐敗して、異様な臭気が口から漂いでます。

便所には自分で立ちますが、見ていないとクレゾール液を飲もうとします。

看護婦がしず子さんにきた手紙を私にあずけてゆきました。病院にくる手紙は全部看護婦が封を切って渡すのです。患者には脱走しないよう金を持たせません。金の有無を調べるのです。私はしず子さんの混乱した世界を通して、正常な世界へ届けと、反応のないことを承知で、手紙をそばで読んで聞かせました。空しく私の声だけが私に戻ってくるばかりでした。

一番下の四歳の子は僕の宝物をお母さんにわけてあげるよと、中の子の代筆で、ワッペンが一枚同封されていました。封筒から舞落ちた宇宙人の極彩色の小さいワッペンは、おさつよりも確かに宝物でした。中の子は小学生で、大きいひらがなで、お母さん、先生のいうことをよく聞いて、早くよくなって家に帰ってきて下さいと、教科書で教わった通りの文章で書いてあり、一番上の中学生からは、家の鍵は僕が預かっていて万全だから安心して下さい。僕がみんなにつけた渾名《あだな》を紹介します。同居している学生さんはゴツゴツして手足が長いのでザリガニ、お手伝いさんは口が大きいので蛙、末の三郎ちゃんは毬のようなのでポンちゃん、真中の英二君は目が吊り上がっているので狐のコンちゃんですと、幅の広いカッキリ角張った字で書いてありました。私はこの手紙を抱きしめてしまいました。

あと幾日経ったら、しず子さんは皆を集めてこの手紙を読んで聞かせてくれるのでしょう。そういう日がこなかったら、余りにむごいことです。


母上様、私の狂っていた時はやはりこんな風だったのでしょうか、その時あなたはどうなされましたか、天地が逆さになって、もともと自分も私も、又人間総てが存在しなかったらよかったと思われましたか、何故無駄な苦しみをする為に、人間が地球に存在しているのか不思議に思われましたか。病気、戦争、難民、負傷、飢餓と。

母上様、本当にすまないと思います。私にも狂わない時があったのでしょうか、その時私は何者だったのでしょう。社会のどの部類に属する、どういう性格の、どういう環境に育っていた人間だったのでしょう。今私が信ずるにたることは、狂気を持ったことがあるということだけです。それだけでは人間の顔をすることが許されないように思えます。私はカッキリした自分の本体を知り、人間の顔を持ちたいと望んでいます。どうぞ御返事下さい。

母上様四回目の手紙をさしあげます。三回目も御返事いただけませんでしたね。

前回貝塚ふさ子と自分の名を立派に先生に答えたと申しましたが、噂によるとその名は、私が貝塚という土地を、はだしでオーバーの上に寝巻きやら着物やら、ありったけを重ねて引きずり、信号待ちの車の横に、何かから身を隠すように屈むかと思うと、走り出して別の車の陰に身をひそめる。果てはパン屋の箱自動車の後に回って、掛金を外して乗りこもうとし、道に出てきた警官に、追われているから、箱の中に隠してほしいと手を合わせていて、福祉事務所に渡され、その土地の名と、福祉事務所長の名を組合せて、私の呼名としたということです。

母上様が私が生まれた時つけてくれた名前は何というのでしょう。私は何年生れなのでしょう。私の足の指は短く甲が長くのっぺりしています。血管の透き通って見える薄い皮膚の、この足のこの恰好に見覚えがないでしょうか……。

佐藤ゆり子さんが姉さんに送った手提げ袋が返送されてきました。ゆり子さんは大変腹を立てていました。あなたとは縁を切ったのだから手紙は勿論のこと、手提げ袋など送ってくれるな、ということでした。

手提げ袋は、国から支給される日用品費の中から、菓子代と言ってもあめ代しか残らない金でレース糸を買い、あいまに編んだものでした。その手紙を回し読みしながら、只一人の縁者の伯母にそう宣言されたと言う者、私も私もよとみんなせつなそうに言いついでいました。

勿論縁切りを宣言する側にも相当の理由はありましょう。精神病に発展するのは本人の性格の歪みが作用する場合が多いと聞きます。私も含めて嫌な所を持っているのは認めます。素直に見れば何事でもなく、不都合があれば本人の側にある場合も、他人を責めて譲らず、相手が悪意を持っていると内攻させて恨み続けることがよくあります。でもそれはオフィスで正常な人達が何喰わぬ顔で、心の奥で鍔《つば》ぜり合い、巧妙な、我々には想像もできない狡猾《こうかつ》な手段で、有無を言わさずおとし入れる、恐ろしいこととは比べものにならない幼稚なものです。正常ならば問題にならない欠点も、精神病になると改めて、周囲から医者から、微細な欠点までやりだまにあげられるのでしょう。

私とゆり子さんは自分本位の所が似ていて、人は自分と同じ考え方で生きるべきだと考えている所があって、自分と違う考え方をする人を憎みます。ですから私はゆり子さんが好きではありません。でも今の場合ゆり子さんに同情します。手提げ位受取っても害にならないのではないか、鉄格子は私達の力で折れません。相手をおとし入れることも、恥をかかせることもできないのです。

ゆり子さんは姉がこういうのは私が売春を繰返していて、警官に捕まり、手錠をかけられ両側から挟むようにされて、パトカーでこの病院に送られてきたからよと言います。

ゆり子さんは十年位入院しているそうです。本人は私はみんなのように気違いではないといいます。確かに気違いは売春より罪が重いと考えます。売春は誰にも害を与えません。相手を欲望から解放し、自己を養う目的を持っています。行動には目的が伴わなくてはなりません。狂気は目的のない遊びです。不可抗力だと言っても、自己喪失の遊びは絶対に許されないことだと思っています。私は気違いなのだと甘えてはいけないと私は思っています。

しかしゆり子さんは強い薬を飲まされていて、時々敷布団に地図を描き、壁の陰に干しに出されます。私も一度もらして布団を干しに出して貰い、みんなの視線が布団に集中しているようで、逃げこむ所がなくて恥かしい思いをしました。だからゆり子さんのどうしようのなさも判るのです。眠っていて淡い意識で便器をまたいだ感覚になってもらしてしまうのです。売春をし小水をもらすからと、ゆり子さんを嫌う訳にはいきません。或は私も正気の時代に、売春をしていたかも知れません。

どちらであるか、母上様あなたがそれを知っている筈です。お教え下さいませ。又あなたに私がゆり子さんのように手提げ袋を編んで送ったら、受取ってくれるでしょうか、それともやはり返してきますか……。

母上様、五回目の手紙をさしあげます。何かの事情があって御返事がいただけないのでしょうね。御迷惑なことがあろうかと存じますが、お便りします。

骨咲りえ子という娘が入院してきました。なめらかな化粧したてのような素肌をした少女で、目はおかめに似ていつも笑っているようです。黒い髪をおかっぱに前に切り下げています。

入院した日病室の隅で、踏まないで踏まないで、蟹が一ぱいよ、この隅から続々湧いてくるわ、蟹のお祭りなのよ。宝石の蟹よ、こちらがルビーそちらがダイヤモンド、ほら金の蟹を上げましょう。りえ子さんはほっそりした指で団扇《うちわ》に蟹をのせるしぐさをし、口元に持ってゆき私の方にぷっと吹いてよこします。団扇で蟹を煽ると、りえ子さんの目には、海原を埋め尽した七色の蟹が、太陽に光り輝いているように見えるのでしょう。すてきとうっとりし、蟹を踏まないように、爪先立って部屋の入口で、溢れでる蟹を両手で畳をすって押し戻す恰好をしていました。

妄想の世界にも天国と地獄があります。いまりえ子さんは天国に遊んでいるのです。

私が妄想の世界にいる時は地獄にいます。私が窓をぱあっと開けると、窓の外は、元日未明に神社で焚かれるかがり火が幾つも凄い勢いで燃えていて、私の髪につきそうになる。私が火事ようと叫んでいた。誰かが後から私を抱きしめていた。母上様あなただったのでしょうか、それともその人も妄想の人だったのでしょうか。私は人に良くしてやれないところがあって、それが負目になり、いつも誰かに憎まれている気がしている。その誰かが屋根裏にどんどん炭を積み上げて、ほぼ天井裏を黒く埋めています。それに火がつくのは時間の問題です。私の体は危機感に膨らんで爆発しそうですが焦るのに足がついて行きません。屋根裏に水を掛けようと前のめりに走ります。その足に誰かの腕が絡んで、座って必死にとめています。あの腕は母上様のでしたかお教え下さいませ。

私のあの時の行動はそういう所からきていました。

母上様、六回目の手紙をさしあげます。読むことは読んで下さっているのでしょうか。

私は狂気の時は乱暴しません。一心に恐怖から逃げるばかりです。今日は正気で大暴れし、保護室に監禁されました。

浜田さち子さんは花が好きらしいのです。窓から見える庭は太い格子の目立つ殺風景な二階建の病室が、コの字形に囲み、一方に高いコンクリート塀が建ち、剝き出しの赤土が広がって、花も樹木も見えません、この病棟には殆ど面会人もないので、私達はずっと花を見ていません。

さち子さんには十二畳の病室の両側の壁に、枕が五つずつ並んでいる所が花畑に見えるのか、水道の水を出しっ放しにして、両手を濡らしては枕の上に手を振って雫を撒き散らしています。不意に枕にしゃがんで、私達には見えない枝をちぎったり、手の平で花を受けて眺めたりしています。水道と病室を振子のように往復し、消灯時間がきても止めません。私が水を止めてもすぐ前より強く出します。怠け者の中で気負って働いている農婦のように、真面目な表情で、長身の細い足でリズミカルに布団を踏んで倦《う》むことを知りません。布団が湿《し》めるが誰も意に介しません。

ある者は実現不可能なことを話す方も聞く方も承知の上で、これも倦むことなく数年来の話を繰返しています。家族が迎えにくることになっているの、私すぐ退院よ、と。その夫は既に子供程の年若い妻を迎え、幼児が二人もあるという。夫の名に触れられるのは、季節の替り目に送ってくる衣類の包紙の上だけです。

私は看護婦がくれた半年前の週刊誌を、布団の上でみんなと頭を寄せあって見ていましたが、妄想の花畑に遊んでいるさち子さんが羨ましく、私も手を濡らして自分の布団にピシッピシッと振って見ました。酷く自由な気持ちになりました。病院にいるなら異常に見られようと正常に見られようと変りはないではないか。今更異常を恥じても始まらない。ここで正常に見られるのには、随分色々なことを我慢しなければならない。

患者は、部屋、廊下、便所の掃除、雪の中で医者や看護者の自動車洗い、その上鶴の一声で看護婦の勤務室の掃除もさせられる。勤務室の看護婦の布団の上げ敷きもさせられる。酷い看護婦になると、自分のネグリジェ、下着、パンティまで患者に洗濯させる。命令されて拒否することができない。面会人に面会させて貰えなかったり、風邪熱の時など放って置かれるからである。病棟内のごみ捨ても患者がさせられる、看護婦は鍵のくさりをぶらぶらさせながら、鼻までごみの山積みのポリバケツを、患者に抱えさせて従え、鍵を次々と明けてやって、ごみ捨て場まで連れてゆく。汚ない物の処理、嫌な仕事は皆患者に押しつける。看護者は監督者で、足の悪い老婆に自分の布団を運ばせ、掃除に熱意がないと、何回でもやり直しをさせる。

一時間の昼寝時間以外は体を横にしてはいけない。見つかると便所掃除を一週間やらされる。看護婦の足音がするとバネのように飛起きる。畳の上ですることのない人間には全く困ることです。五十九キロの体重以上の者は飯を減らされる。食べなくとも精神病の薬はバカ肥りするのです。代りに野菜や果物でも多くつけばよいが、野菜は手がかかるので、みんなと同じ二箸ほどしかつかないし、果物も高いのでついていない、菓子果物も食べていけないことになっている。五十九キロ以上の者は素早く見まわしながら、他の患者から貰ったあめを頬ばる。看護婦がくると便所に飛込む。朝食には他の患者の余ったパンをポケットに滑りこませる。閉ざされている者に待つことを許されている只一つの楽しみは食事である。代用肉が鋸屑のようにぼさぼさしていても、毎日の唯一の行事である。減食は違った意味で頭を狂わせるのです。健康体の者に何もそれ程までにする必要はないと思うのです。

看護者のそうする理由には尤《もっと》もなところもあるのです。規律正しくさせる為に横にならせない。肥り過ぎは体によくないと。だが規則を作る方は簡単だがあてはめられる方は堪らないのです。

目まいがして食事が食べられないで寝ていると、よく目まい止めの薬は飲めるのねと言われます。私が怠け者に見えるのです。一尺四方の机がわりのダンボール箱も取り上げられました。布団が敷けなくなるし、汚ないと言うのです。縁がとれ中身の覗いている古畳よりはずっと綺麗でしたけれど。看護者も一月程私達の身替りになって見たらどうだろうと思います。

病院で最高に肥っている看護婦が、開放病棟の患者の家族から届けられた餅菓子の裾分けにあずかって、患者たちから丸見えの勤務室で、椅子に巨大な尻をはみ出させ、足を開いて太鼓腹に菓子折をのせ、大口あけてほおばっているのは、どういうことなのでしょう。十何年と餅菓子等食べたことのない私達は、ついつい勤務室の窓に吸い寄せられて、折重なり、空の口をもぐもぐさせてつばを飲みこむばかりです。

私はここではしたいことを無心にしたことがなかったことに気がつきました。異常に見られることが、私の誇りが許さなかったのです。気違いの誇りなど笑止の沙汰ですが、本気でした。私は決心しました。あとは野となれ山となれ、どちらにしろ五十歩百歩です。

看護者は自分で決めた規則を破られると、自分の尊い頭を、愚かな患者に殴られたように逆上し、飯抜きなどの罰を加えてきます。

タンチカタンタン……。水撒きの反復運動をしていると、矢でも鉄砲でも持ってこいと気が大きくなって、山男の歌が口をついてでます。私は隙間なくのべられた布団を、テレビで見た山のこれは立山の壁と足を高々と上げて踏み、その次の布団は槍の岩場と踏みしめます。指先から散る雫は霧です。山の霧は細かい雨のようで、横に流れるそうです。こんな風に……。私は二、三人床に座って話している横から、しぶきを頭に撥ね飛ばしました。変な行動には馴れっこなので、一人が雨だれを払うよう、額を横になでただけでした。

私は一晩中さち子さんと水撒き踊りを続けていたいと思いました。

「おかしくなったんじゃない？　……」

そんな声が聞こえました。私はもう気になりません。せっせとさち子さんと競争で、両手をびしょびしょに濡らしては部屋中に撒いて回りました。私は入口に見える白いものにもピシッと水をはじきました。忽ちその白いものに腕を逆手に捩《ねじ》り上げられました。強い力です。看護婦が眺めていたのでした。見るとさち子さんは相変らず蛇口から往復しています。私はどうしても今日はしたいことをし通してみたいのです。捉えられた手が引抜けないと判ると、もう一方の手の雫も素早く、看護婦の扁平で大きな顔に飛ばしました。「判っているわね、あなたがそんなに頭の具合が悪くなったのなら、一月程監置行きよ」

監置とは保護室で、刑務所の独房と同じです。独房は散歩に出されることもあるらしいが、監置は入ったら出されるまで監禁されます。

「バカなことをしたものね」

と聞こえよがしに言う者がある。その声を聞いて看護婦は私を監置に放りこむことに決めたらしいのです。

「チリ紙とコップと寝巻を持ちなさいね」

と看護婦は妙に優しく言いました。重症病棟や監置に送られる時はこう言われます。言われて泣き出す者もいます。

私は腕を放されて、一尺四方ずつ、蜂の巣のように壁に並んでいるロッカーから、ぎっしり詰っている他のガラクタを落さないよう、寝巻きとコップをとり出しました。看護婦は私を連れてゆく為に、勤務室のドアーに鍵をかけに行きました。

病室の入口の反対側の窓は総ガラスで、長さ一米、幅五十センチ程のガラスが上下合計十四枚はまっていました。私は拳を堅く握って駈け寄ると端から、一枚一撃で、ダダダダ、ダダダと、機関銃の連続音の素早さで、十四枚を一気に叩き割りました。消灯後の静かさの中で、その破壊音は病院中に響き渡りました。鋭い角のパックリ大きく割れた破片、落ちながらけたたましく打ち合って細々《こまごま》になった破片が、窓ぎわの布団に足の踏み場もない程散り敷きました。私の監置行きを見る為に起き出していた皆は唖然として、割り終るまで見ていました。看護婦がサンダルを鳴らして廊下を走ってきました。余り簡単に割れて、甲から指先に流れて滴る血を、私がぼうっと見ていると、大きく身構えて振った激しい看護婦の平手打ちを、頰に喰らってもろくよろめき、柱に肩を打ちつけました。私はサンダルを左右にはき替えるにもよろめくので、さわられただけで倒れる筈でした。音だけは憎悪のこもった陰惨なものでしたが、頰は余り痛くありませんでした。私はこれで素直に監置に行けると思いました。監置にやられるには、やられるだけの行動をしていなくてはならないのでした。ガラスを割って計算が合う筈でした。

私は病棟の入口の鍵をあけて廊下に出されました。私は正気になってから第三病棟の外に出るのは始めてです。他の病棟の真中の廊下を通り抜ける時、三病棟と変りないのに、その名の知らない人々を見るのは、広い社会へ一歩踏みこんだような人懐かしい気持がし、一部屋一部屋、丁寧に覗いて、二、三人集まっている人、本を読む人、碁を打つ人を見、口から正気が逃げたように開けっ放しで、まばたきもせず突立っている人にも今日はと声をかけました。円筒形の大洗濯機がごとごと回っている、コンクリートが剝き出しの洗濯場の前を、横に入ると監置でした。監置に曲る角の廊下には便のついたおしめが山となっており、作りつけの深い流しで、三病棟の患者が手袋をして、ぼろについた便を振り洗いしていました。一日三十円の日当で洗濯しているのです。その臭気が監置の廊下に満ちていました。看護婦は「ふうっ……臭いっ……」と尻上がりに言って洗濯している者を見ました。洗濯している者のせいのような目付でした。洗濯している者は聞こえたのか、聞こえないのか振向かず、のろのろと洗っています。

幅十センチ程の覗き穴のついた保護室が四部屋並んでいて、その二番目に私は入れられました。中は二畳くらいで、板のすのこが敷いてあり、コンクリートの壁に、隅に便をする三十センチ程の穴があるだけでした。すのこは体臭や、性液や、足の裏の臭いや、小便の臭いの混り合った、嫌な臭いが染みていました。

突然隣りの保護室で帰る看護婦に呼びかけています。

「看護婦さん、看護婦さん、私をクニオさんのいる開放病棟に回して下さいませんか、お願いします。とても、とても淋しいんです。人が恋しいんです」

終りは泣声になっています。看護婦は保護室の泣声は四六時中聞いているらしく、規則正しい足音をさせて、遠のいてゆきます。それに向って、

「お水を下さい、お水……看護婦さんお水を……ねえ、どうぞ……」

と追いすがる声が続きます。私はこの声に馴れることはとてもできまいと思いました。

入口と反対の窓には鉄格子の上に金網が張ってあり、昼でも陰気だろうと思います。病院の

裏側になっているらしく、庭を隔てて渡り廊下が通り、塀の上から雑木林の尖端が覗いています。保護室こそ太陽のさんさんと射す部屋でなくてはならない筈ですが、すのこのぬるぬるした湿っぽさはどうでしょう。重症患者程待遇が悪くなっているのはどういうことでしょう。疲れました。母上様、おやすみなさい。今度は監置での生活をお知らせします。

母上様、七回目のお便りをさしあげます。朝、監置の廊下を隔てた中庭からの、男の甲高《かんだか》い声で目覚めました。

「トシさあん、監置に行ったと、窓から第二病棟の人が教えてくれてね、僕ショックでアルバイトを休んだよ」

「何処に行っていたの」

「ガラス工場だよ」

「私、カレンダーや、自分のゆかたを細かく裂いただけなの、裂いていないと座っていられないの、当り前のことよね。クニオさんだって何かを裂きたい時あるでしょ、いらいらして。先生判ってくれないの、早く開放病棟に回してくれるよう頼んでくれない？……」

「いいよ、早くこいよ、又コントラクトブリッジをやろうよ」

「退院準備のアルバイトでしょ、先に退院しちゃわない」

「許可がでても延ばすよ、元気だせよ」

隣りの女の声です。監置からは庭は見えず、覗き穴からは廊下の窓下の壁が見えるばかりです。

スピーカーからラジオ体操の音楽が流れ、開放病棟の患者が中庭に集まるざわめきが聞こえます。

「クニオさーん、位置について……」

看護婦の鋭い声に、じゃあ又な……と男は去りました。

女の反対側は男で、渡り廊下の端が開放病棟の物干らしく、男の所から見えるのか、現われる人を待っていて、のがさず声をかけています。

「今日は、よいお天気ですね」

言葉は毎回同じです。九官鳥のようです。網の中に入っていて、ドアーの下の隙間から餌と水を貰い、丸い穴で用を足す。違うことは九官鳥のように愛らしくもなく、可愛がられず、危険視され、太陽の当る窓辺でなく、窓下に病院中の便の浄化装置の埋めこまれた、臭い部屋にいることです。恐らくは、男は坊主刈りにされたひげのぎざぎざにのびた中年男でしょう。

どうせこうなるなら何故私は九官鳥に生れなかったかと思いました。何に生まれてもよかった筈なのですから。

「がんばんなさいよ」

と声を返してゆく者もあります。

今は二月、廊下にも部屋にもストーブがなく、布団を腰に巻いていても、すのこの下から寒気が、じわりと体を取巻いて、針に突刺されているように全身が痛みます。

母上様、りえ子さんがチリ紙の中から母の声が聞えると、そっとめくって、輝くような笑いでチリ紙に話しかけているのを思い出して、私もチリ紙を膝に広げて見ました。チリ紙は白く無表情です。あなたの声も聞こえず、姿も見えません、私の過去も未来もそこには浮んでいません。病院の外の社会で働いている私の姿が、幻想でもいい写らないかと思いましたが、気がついてから病院外に存在したことのない私には、幻想の浮かびようがないようです。チリ紙一枚と私を売りに出したら、皆は役に立つチリ紙を買うでしょう。チリ紙の白々しさに、役立たずの私を、高所から、諦めきって冷たく見捨てている社会の目を感じます。チリ紙は目的を持ち、確固たる役目を持って私より重く存在する。私は監置での数少ない財産であるチリ紙に、私の夢と救いを求めています。安いもろいチリ紙のしわがパックリ大きな口になって、一瞬声のない嘲笑を私に浴びせ、驚いた私は吹飛ばされて、回りの壁が一回転したように見えました。

私は自分を誇示する為に右腕を上げて、手首を風車のように左右に回転させて、歩いて見ました。二歩歩いて鼻の先に壁、回れ右をして二歩歩いてコンクリート、右に回って三歩で金網、左に回ってドアーの覗き穴、ぐるぐる部屋を回って、二十日間一言も利いていず粘つく口で、ああと言いました。すると、ゆうちゃんそっくりの顔になりました。

ゆうちゃんは第二病棟の同じ窓で毎日、片手を別れの挨拶のように一日中振っていました。彼の腕には昼は休みがないのです。キョロリ、キョロリと瞳は瞬間に動きますが、意志とは関係ないのです。正常な精神を永久に失っても、右手だけは何かを覚えていて、何年も意志表示を続けているようでした。頭の鉢の大きい非常に首の細い、内側で燐が燃え始めているような、青白い顔の少年でした。第三病棟の窓からよく見えました。ある日突然、窓からゆうちゃんが消えました。噂では徹底的に看護人に殴られて、翌朝死んだと言うことでした。或は家族に引きとられたのかも知れません。

私にゆうちゃんは乗り移りません。疲れて手の平を眺めました。手首から中指の先まで真直に貫いている深い運命線は、豊太閤の線と同じだと患者の易者がいいました。信ずるものがないので、内心私はそれを信じています。いつか豊太閤のように立派になれると……。

運命線と感情線の交叉する中心に、針の先で突いた程の穴があります。そこに私は友達を見つけました。爪を立ててしごくと、だにに似た粒子程の虫が飛び出して、手の平を点々と飛び回る。皮膚の横穴から手を取り合った形で二匹でると、忽ち逆方向に飛散る。飛散るが用心深く手の平の外に出ない。指で押しても余り細かくて、指の下で遊んでいる。小指の根本に見えたと思う間に、慌てて穴に戻っている。私の運命線は彼等の住家です。彼等は私の自由にできる唯一の友人です。横になってはいけないよ、運動の時間だよ。私同様、光がこわい、卑屈な意気地なしの虫共を、爪でしごき出し続ける。ころりと厚味のある母親が出て、あと粉のような子供が幾らでもでてくる。やっぱり親がいるのだ。隙を見て安全地帯に戻ったものが、嫌々何回も穴から押し出されてくる。パンパンと手を叩くと、コロコロと私の目に入り、咽喉元につかえてむせる。耳の穴に喰いついて味を見、肩を伝って手の穴に戻る。虫は私の手を世界として短い命を引き継ぐ。私は病院の中を世界として命を終る。私は生きているものがいとおしくて、手の平がぴりぴりする程、引搔いて遊んでいました。

母上様、こんなことは知りたくなかったでしょうか。私を嫌悪されますか……。

母上様、八回目のお便りをさしあげます。

寒い朝です。窓のガラスの内側に美しい氷の花がびっしりつきました。十一時頃になっても溶けようとしません。暖房がないので体が凍えて、いても立ってもいられません。寒さにばかり気をとられています。

監置にきて二十五日目、始めてドアーが開けられました。看護人に連れられて、この前きた時とは反対の裏階段を、誰にも会わずに登り下りし、白いカーテンで窓をぴったり被った死体置場の前を通ってゆくと、浴室に出ました。

脱衣室に男の臭気が充満し、着古された衣類が十五、六人分、脱ぎ捨てられていました。

みんな髪が濡れているので湯上り後の掃除なのでしょう。浴室ではパンツ一枚の患者達が、三人は棒たわしで床を磨き、七人が洗い桶で湯舟の湯を床に流し、二つある大湯舟の一つに三人が膝まで漬って、クレンザーを壁に塗りつけていました。二つとも湯舟の栓は抜いてあるらしく、湯は刻々と減っていました。

もう一方の湯舟に二十二、三歳の女が仰向いて、両腕で体を支え、減ってゆく湯の中で、できるだけ温かい湯に身を沈めようと足を伸ばしていましたが、なめらかな腹が、丸くぽっかり湯の上に顔を出していました。開け放した窓々から、寒風が容赦なく女に吹きつけていました。女は女として扱われていないことについては、とうに諦めているらしく、羞恥心もなく子供のように無心に、パンツ一枚の男子患者に体を回されて、肢の間までヘチマで洗われていました。洗い場にはサンダルをつっかけた六十歳位の看護婦が、後手を組んで突立ち、洗い終るのを監視していました。洗ってやっている男も、掃除をしている男達も、恥じらいもなく、衆人の目前に、露わに裸体を投げ出している女には、しびれるような女体を感ずることができないらしく、無関心でした。

　私は、私を連れてきた看護人に呼ばれた別の患者に、服のボタンを二つ外されました。私はここではどんな願いであろうと、看護者の意向に逆らうものは、聞き届けて貰えないことを承知していましたが、正気の女と同じに扱われない憤りと淋しさの為に、鍵がかかっていると知りながら、男の手を振りほどくと、服の打合せをしっかり握って、入口のドアーに走り、力一ぱい引いてみて、その動かぬ冷たさと、自分の余りの無力さに、ドアーの側に座りこんでしまいました。

　私は患者に両腕をとって立たされ、引き戻されて、衿元の手を難なくもがれて、服を脱がされました。

「看護婦さん、栓を閉めなくては、湯はどんどん流れてしまいますよ、湯も温めなくっちゃ……」

　と掃除をしている年老いた患者が言いましたが、看護婦も看護人も、聞こえない振りをしていました。むしろ患者に指摘されて面子《メンツ》を傷つけられたように、口をむっと結んで、眉を寄せていました。風呂場の栓は外で開閉するようになっていて、浴室の外にでられない患者達は閉めることができないのです。中にあったとしても、看護者の許可なく閉めることができないのです。湯は私の膝下程しかなくて冷めきっていました。私は両手で腹を被うようにして湯舟に

座ると、胴震えがします。側で肌を総毛立たせて、伸ばした足を洗って貰っていた女が、

「看護婦さん、寒い、寒いです」

と力なく言いました。患者達は慌てて窓を閉めて回ったが、看護婦は言葉の通じない冷たい銅像のように突立って、その言葉を撥ね返していました。

私は汚れの澱んだ底の湯で、石鹼だらけにされ、犬のように手荒く洗われていました。温たまらずに濡れた体に、寒気が凍って、堪えても奥歯が鳴ってきます。

看護婦と看護人が風呂場を出た隙に、患者の一人が言いました。

「ああこの人達の肉親が、これを見たら泣くだろうねえ……」

「あの看護人は、三人の患者に袋叩きにされて、目に隈《くま》を作っていたことがあったけど、叩いた患者の気持も判るね」

「栓を止める位、なんでしないんだ、あいつら……」

掃除を止めて患者達は集まりました。

「看護者や医者のすることは、ここでは何でも正しいことになるんだ。叩いた患者三人はね、翌日、狂暴性を遮断するのだと、危険な最新式の頭の手術をされてね、手術中に二人は死に、一人は白痴同様になって、自分から行動することがなくなって、隅にじっと座りきりになっているよ。叩いただけでな」

「家族は何も言わないのか」

「家族は暴力を振うに至った原因は聞かされないだろうし、狂って何かと暴れるなら、死んでくれてかえってよかったと、少しは悲しみながらも、むしろ安心して、感謝したいほどだったんじゃないか、素人は、一度狂うと、常時狂い続けると思うからな」

「脱走や、口答えをすると、手術で殺されると、みんなひそひそ言いあって、戦々恐々としているよ」

「二人とも殺るとはな、一人の手術で死ぬ可能性があることが判ったんだろ」

「手術を始める前に、自分の腕では患者を死亡させる可能性のあることを、当の医者が知らぬ筈があるまい」

「恐ろしいことだ、医者は待っていたんだな、モルモットの代用品が見つかるのを」

「そういうことだ」

「俺達は逃げてゆく所もないし、逃げてももっと酷い病院に入れられるしな」

看護婦が戻ってきた。患者達はパッと四方に散ると、熱心に脱衣室の床を拭き始めた。

私は衣服を着せられて、ようやくぬくもりが戻ってきました。女は今の話を聞いて、ぐっしょり涙で頰を濡らして、首にかけたロザリオを口に含んでいましたが、ロザリオを段々吸いこんでゆきます。ロザリオを飲み下しているのです。私が、

「ああ……」

と指さした時には、最後のロザリオの玉が、暗い口中に滑るように消えた後でした。一つ鼻をすすって、女は言いました。

「神様を喰い殺してやりました。側についていて試されるのに疲れたの。さっぱりしたわ。神様の手で滅ぼされることを、尚神《なお》に感謝するなど、私にはとてもできない。神様は悪者に復讐することを認めています。私をこんなにした神様に、私は復讐したの。神様は私の腹の中で、悪業の数々をお考えになるといいわ」

女の唇はこまかく痙攣していました。

「このこは入院七回目だよ」

さっきの老人が言いました。

女の声は、私の隣りの部屋のトシさんの声でした。

看護人は、トシさんを洗ってやっていた患者に、事務的に、「監置に便器を入れておくからね、時々鍵をあけてやるから、中身を捨てて、ロザリオが便と一緒にでたかどうか調べてくれ」と言っていました。糞まみれのロザリオを想像して、私は何だか滑稽で、溜飲が下がる思いでした。神様も狂人は手に負えないのでしょう。

私達は本が買えなく病院にもなく、まともな本を読んだことがありません。ですから神というものをよく知りません。でも素朴に考えると、神は善の象徴とされていますが、神がその善をあまねく施され、人を救われたことを、私は、この目で現実に見たことがありません。ということは、同時に悪をなされても私達には見えない、時には私達のように狂われても、私達には見えません。何をなされようと見えないのなら、どんな立派なものにもなれましょう。私達だって私の姿が見えないなら狂人と言われないですみましょうし、反対に全能者だと言ってもそれで通りましょう。誰でも簡単に神になれます。私はそんなまやかしいものを信ずる訳にはまいりません。私は今温かい風呂があったら、神よりもその温かい湯を信じます。

或る宗教の幹部が、狂人は御本尊を粗末にするからと、患者の部屋の壁から、御本尊を写した掛軸を奪ってゆきました。狂うからこそ、御本尊に頼りたいのでしょう。軸の前で毎日朝夕南無妙法蓮華経と唱えていた患者は、暫く安らかに座る場所を失って途方に暮れていました。神様も狂人を見捨てるようです。そんな神々なら喰い殺してやるのがよいのです。

母上様、この位の淋しさは淋しさのうちに入らないと思われますか、母上様はもっと酷い環境にいられるのでしょうか、私よりももっと弱い人間であるとおっしゃいますか、そうおっしゃるなら、私は辛抱しようと思います。まだまだ辛いことにも私は堪えられます。あとで母上様に聞いていただけるからです。母上様、私の話すことは狂っているでしょうか、正しいでしょうか。又あなたに対する想像は当っていましょうか、お伺いします。

母上様、九回目のお便りをさしあげます。監置を去る日の風呂で引いた風邪を、こじらせて一週間床についています。

発熱の日、私が寒気がするといっても、りえ子さんが勤務室へ頼みに行ってくれても、看護婦は体温を計ってくれません。かえって作業の邪魔だからと、体に巻いた布団をはがれて、作業をさせられていました。ビニール袋に小学雑誌の附録をワンセットずつ詰めて、クリップで止めるのです。極彩色の本と附録は十二畳の部屋一ぱいに山となり、みんな腰まで埋まるようにして作業していました。作業の報酬は貰えません。私は頭が石になったように重く体がだるくて、作業の終了時間のくるのを待ち望んでいました。あと何時間かと勤務室の時計を覗きにいきますが、四十分は経ったと思えるのに、たったの五分だったりします。作業時間は八時半から四時半までです。ようやく昼食時間がきて、本や附録を一方にうず高く積んで食事になりました。裁縫台を長くしたような板の両側に患者が並びました。

食事当番の私は、金属の盆に丼と皿を乗せて、皆の前に運ぶのですが、突然激しいさむ気に襲われ、手が震えて止まらず、盆の上で丼と皿がチャン、チ、チチと派手な音を立てて踊り出して転がり落ち、よそったしゃもじの飯も、丼の外にこぼしてしまいました。私は寝ることも許されないと諦めていましたので、それでも当番をしつづけようとしました。

十一時の勤務交替で出勤した、新しい若い看護婦の坂口さんは驚いて、すぐやすむようにと、りえ子さんに私の床を壁にぴったり寄せて敷かせました。坂口看護婦は、三十人程いる看護婦の中に、三人いる優しい看護婦の一人です。熱は三十九度ありました。坂口看護婦に呼ばれた医者が注射をしてくれました。

一週間経って、今日は熱も七度台に下りました。

りえ子さんは宝石の蟹など浮かばなくなったのか、その分だけ私に心をつかってくれます。坂口看護婦に頼んで湯を洗面器に貰ってきて、熱いタオルで私の顔を包みました。次に手の指の間を丁寧に拭き、布団をめくって足の裏を拭いています。でも拭きながら、まだ何かぶつぶつつぶやいていて、妄想の世界と話しあっています。時々感嘆詞が入って、湯に目を据えて大きく頷いています。りえ子さんは真冬の今も、合《あい》の黒のセーターです。素足のかかとを跳ねて楽しそうに勤務室へ行ったと思ったら、爪切を借りてきました。刃物は持たせられないので、一々借りに行くのです。りえ子さんは私の手の指を一本一本優しく持って爪を切ってくれます。次に足の爪も。

「あなた、お母さんの病気の時、こうしてあげるの……」

「したことないようだわ、して貰ったことはあるけど」

「まあ、放っておくの、それがどうして私に……」

「別に、お母さんはして貰いたがらないし、自分でしちゃってるの、でも私お母さんにして貰ったから、あなたにしてあげるのよ」

りえ子さんは母親を誇りに思っているようです。空気のように身近のあまり、母の存在を私のように切実には考えていないようです。りえ子さんは、正異の両刀使いで、妄想との話の合い間を縫って、正常な返事を返してよこします。

りえ子さんは私の布団を持ち上げると、中に入ってきました。私が体を端に寄せると、真直仰向いたまま、

「私、母とこんな風にしたことないわ」

「したかったの……」

「私母一人子一人なの、父は戦死して顔も覚えていないわ。家で一人ぽつんと、私を心配しているだろう母を思うと、今、こういう風にして、床で語り合いたいと思うの」

「退院したら、してあげなさいよ」

「退院できる日がくるかしら」

「退院してゆく人もいるわ」

「或は、できるかも知れないわね。貝塚さん恋愛の経験あるの……」

「経験があるのかも知れないけど覚えていないの、判らないのよ私、妄想の中でなら、激しい恋も、爛《ただ》れるような凄い性愛の経験もあるけど、は、は、それが決って完全なる相思相愛なのよ。おかしいでしょう。この病気でない人も想像上なら、幾らでも恋愛しているわね、我々程迫力はないでしょうけど……。正気でした恋愛の覚えがあれば、その大メロドラマと、クライマックスで、りえ子さんをわくわく喜ばせるのだけれど……」

「惜しいなあ……。私、人の経験することはみんな、恋愛は勿論、仕事上でも、喜びや、辛さや、怒りや恨みを、全部経験してみたいのよ」

「あなたの人生は長いのだから、嫌になる程経験することができるわよ、今、幾つ……」

「十八、すぐ高校卒業だったの」

「私から見ると生れたばかりのようなものね、羨やましいわ。

私の妄想なのか、正気の時の私に現実にあったことなのか、どうしても判らない、一つの情景が頭に残っているのよ。

古い家の少し傾いた間借りの部屋で、私は待っているの、二年来そうしてきたように、食卓に料理を揃えて、四時に会社がひけて、その時まで料理のことばかり考えていたの。食卓に料理が冷えて腹が空いていた。深夜になって恋人が来た。尋常の酔い方でなかった。普段酒をたしなむが泥酔することはなかったの。上るとすぐ横になったわ、酷く顔が赤くて、酒のせいばかりでなく、何か苦しそうだったの、寒い夜だったので、私が布団をかけてやろうとして、彼のポケットから黒い手帳のようなものが落ちているのを見つけたのよ。何気なく開くと、私の知らない女の名と彼の名が並んで書かれ、何々様、何々様、御結婚……と、結婚式場の予約書なの。私はくるものがきた、彼とはやはりこういう結末になるのだったかと、そこに暫く座っていたの。そして眠ったふりをしている彼のポケットに、予約書をそっと返してやったわ。彼は一時間程そのまま眠って、帰っていった、私も彼もその予約書には一言も触れなかった。いやその時は一言も言葉を交さなかった。彼はむっくり起きると、自分の家から仕事に出かけるように、自然に、すっと出て行ったの。その日変ったことは、いつものように駅まで送らなかったことだわ。それが彼と私の別れの日になったの。

どうこのお話、聞いて御満足」

「素晴らしいわ、そんな口惜しさを覚えているなんて、正気の時の経験にしておきなさいよ、その方が素敵じゃない」

「一生、作業と三度の食事と睡眠の繰返し、あとの世界は一切シャットアウト、時々妄想のお相手をするだけじゃね」

「どうして私達は男の子の腕を抱きしめてはいけないの、私、バケツで味噌汁を運んできた炊事係の洋一君のね、筋肉のこりこりした腕を、しっかり抱きしめてしまったの、看護婦さんに酷く叱られてしまった。あなた自分が気違いだってこと知らないの、ですって？　……。私おかしいのね、きっと、私衝動を抑えられないのよ」

「先生だって子供を生ませているのよ、好きだったら手をとったっていいわよ」

「私薬を飲んでいて、どんな自分になってゆくか、恐ろしいのよ。薬で急に、やたらに元気になって、暴れるように腕を振り回して、ばんばん作業をしたり。食事時間以外は、叩かれようと蹴られようとぐうぐう毎日寝続けたり。私実験台にされて新薬を飲まされているらしいの、とてもエロになってゆくの、寝ても覚めても、それを空想しているの、何をやりだすか心配で恥ずかしい。たまらない。段々変な女になっちゃう。もう止めて、と先生に言ってくれない」

「新薬は動物実験済みのものを使うのよ、思い過ごしよ」

「私が実験されているのを、貝塚さんも知っているくせに……」

りえ子さんは吐き捨てるように言い、がらりと変って、瞼《まぶた》を三角に吊り上げ、恨めしい顔をして、床を出てゆきました。

その後、りえ子さんは遠くから私を疑惑の目で見据え、近づいてきません。

母上様、私にあなたの足を洗わせて下さい。今の私のほのぼのとした温かい気持を母上様にも味わっていただきたいのです。

りえ子さんに全き正気の世界が訪れますよう、母上様もお力をお貸し下さい。

母上様、十回目のお便りをさしあげます。風邪は直りました。りえ子さんは座敷を、こま鼠のように横に転がって笑い続けています。転がる度に髪が顔にまつわっていました。

「全くばかばかしいわ、私、随分、変なことをやったり、言ったりしていたでしょう」

私はほほえんで聞いていました。

りえ子さんは他人の髪を結うのが好きです。髪を結っている時のりえ子さんは、病気を忘れて一心不乱になり、気高くさえあります。髪を解いている者があれば誰にでも、

「髪を結わしていただけないでしょうか」

といんぎんに逆毛立て用の櫛を持って、尋ねます。あんまりありがたい仰せに、言われた主は、

「髪が薄くて結いにくいでしょ」

と、はにかみながら結って貰います。

りえ子さんが正気になってから、病棟では髪結いが流行して、六時の起床のベルが鳴ると、ネグリジェのまま、りえ子さんの枕元に駆けつけ、

「私、第一号よ、お願い……」

と髪結いを先約している者がいます。りえ子さんは興奮して飛起き、身震いしながら、布団を座敷の隅に放り上げて積みます。押入がないのです。

りえ子さんは、みんなの髪をそれぞれカットと顔の形に合わせて、違った形に結っています。セシールカットに後を刈りこみ、前から頭頂にかけて絶壁にふくらませた髪形。癖のない髪をなだらかに下げて内巻きにし、頬で毛先が片足を跳ねている形。長い髪を高く纏《まと》めて、花が俯せに咲いた形。優しい実のひしめく、百合の球根の髷《まげ》をのせた髪。昔の二百三高地という、前後にふっくらと髪を張り出させ、頭頂に毛先がゆるやかに品よく渦巻いている形。病棟に沢山の髪の花が咲いてゆく。髪を結い上げられた顔は、それぞれ個性のある整い方をして、各〻《おのおの》センスのある美しさを発揮してきます。髪が結い上がると、みんなは盛装します。盛装といっても、大抵誰でも一着は持っている、比較的、くたびれていないセーターと、スカートに着替えるだけです。りえ子さんは髪も梳《と》かさず、顔も洗わず、乱れた姿で、座っている人の前に回り、脇に体を反らせて、眺め眺め櫛を入れています。

盛装が終ると、薬品会社から寄贈された、只一枚の洗面所の小さい鏡に姿を写しに行きます。彼氏や、又は外出して街の者に見せる為でもないが、鏡の中に思いもよらぬ整った自分の顔を発見して、しばしその顔で社会にいる自分を空想し、それが案外手近いところにあるような気さえして満足しております。

母上様、私はまだ時々幻聴があります。

作業の玩具の笛の銀紙張りなどをしていると、誰かが壁の中でささやくのです。炊事婦が入口から食事を運び入れる時に逃げなさいと。みんなが週刊誌から得た俳優の身辺の情報を交換している声を漏らさず聞きながら、一方でその声に捉われています。私は幻聴か本物か疑わしくなって、壁に耳をつけて見ます。聞えません。その間十分程です。まだよくなっていないと気付く訳です。

母上様、私の幻聴は一生聞えるのでしょうか、消えたら何とか病院から出して貰えないでしょうか。

母上様、どうか私を見つけて下さい。

母上様、十一回目のお便りをさしあげます。

当分の間りえ子さんのことをお知らせします。今回から作文の形でそれを書きます。

庭に出されて、正気になってから始めて太陽を浴びた。二月末の風は冷たいが、風を透して太陽の光の一本一本が、温かく背に沁みるのが判る。指を開くと手の平に光が溢れる。足元の土がほの温かく、太陽に蘇《よみがえ》った体が、足元から熱っぽく脈打って、生きていることを改めて知る。よく見ると柔かい土に青草が下萌えしている。

庭に出されたのは私の病棟の男女七十人程で、私は始めて同じ病棟の男達を見た。患者達が前歴を教えてくれた。元内科の医者も、元航空会社の重役も、元兵卒も、仲よく膝やひじに継をあてた、自分で丸洗いして、袖のだらりと垂れた、形の崩れた背広を着ている。ここまで落ちれば、見栄を張るにも張りようがないので、お互い裸で太陽の下に立っている赤子のように、安らかな無邪気な顔をしている。看護婦だけは緊張して、脱走に備えて表門と裏門に一人ずつ見張りに立った。脱走しても一銭も持たず、迎え入れてくれる家もなく、就職するにも保証人のない私達は、結局死ぬか、戻るかしかないのだが、看護婦は自分同様、全く自由だと思っている。

幼稚園でよくするハンカチ落しのゲームをさせられた。こんな遊びが適当な者は一人か二人しかいないのだが、看護婦は全員白痴扱いする。白痴は三百人に一人位である。他の者は一週間か十日の妄想の期間が過ぎれば、あとは殆ど正常である。看護婦が絶対服従を強《し》いるので、みんなとにかく遊びをやっている恰好だけはする。中には看護婦に言いつけられた便所の大掃除にも、ハンカチ落しゲームにも、大真面目に取り組む者もいる。りえ子と神山がそうだ。言いつけられた通り、全員輪になってしゃがむ。その輪の外を真剣な顔をして、懸命にりえ子が走っていた。りえ子は男子学生の神山の後にハンカチを落した。走り出した神山に追いつかれないうちにもう一周して、元神山のいた場所に戻らなければならない。手の平の差で神山とりえ子はその場に重なるように倒れこむ。りえ子は片手をついたまま、神山の目に炎のような視線をとめて、起してくれるのを待っている。神山ははにかみの美しく輝く目で、それを受けとめていたが、起してやることはせず、走り過ぎて、私の隣りの者の後にハンカチを落した。石で土に何かを書いていた隣の者は、看護婦に注意されて、ハンカチを拾って駆け出した。

その日の午後、この病棟には珍らしく面会人があった。りえ子の母であった。病棟に外部の者は絶対に入れないが、りえ子と母は勤務室で面会したので、私達は勤務室の窓に並んでよく見ることができた。髷を首に落ちかかるように結び、胸を張って、高い背を真直にして腰掛けている様子は、りえ子の言う通り、教員らしかった。りえ子の母が紙袋から出した、青い胡瓜や、可愛いいトマトや、海苔の握り飯は、家庭の愛情に飢えた私達の胸をジーンと打った。

りえ子は早速みんなに冬の胡瓜や、トマトを一切れずつ配った。私達は一切で、自分の家のリビングルームで、胡瓜を味わったつもりになっていた。冬は野菜は少々のつまみ菜しかつかなかったので、しゃきしゃきした胡瓜の青臭い味は、特にさわやかであった。

りえ子は格子の間から、握り飯とトマト一個を包んだものを差出して、外を散歩している開放病棟の患者に、棟続きの神山に窓から渡してくれと頼んでいたが、すぐ神山から別の人を通じて返されてきた。あのはにかみの光る目を細めていた気弱そうな神山に、どうしてそんな厳しい所があるのか、私には理解できなかったが、りえ子も自分も再び狂うことのあることを自覚して、最後まで自分達の狂いあう姿を、見つめあうのは堪らない。今すぐにもりえ子の目の前から消えたい位だと思ったのではないか。狂うことを恥じない為に、りえ子と交渉を持つまいと思ったのかも知れない。

母上様、私の青春を、私の代わりに覚えていて下さっているでしょうか、私にどんな喜ばしい、どんな悲しい青春があったのでしょう。どんな悲惨な青春でも、正気でそれを迎えたなら、それはとても素晴らしいと言えるのではないでしょうか。母上様、あなたの青春と、私の青春の物語りをお聞かせ下さいませ。

母上様、十二回目のお便りをさしあげます。

幻聴がありながらも劇の台本が書けるから不思議ですね。台本に幻聴が忍びこんで、筋を混乱させることはありません。正常も異常もそつなく使い分ける。私の頭は天才的とも言えるほど巧くできています。

幻聴が聞える。

「私、あなたのお母さんの伝言を持ってきました。今病院の門をくぐるところです。すぐ面会できます」

私はある患者から貰った、一口のバナナの味が忘れられないでいたが、幻視の女は青いパンタロンの裾をひらめかせて、バナナの包みを持って、オレンジ色の雲の中に一本通っている、道路をやってくる。女は私に、私を心から敬愛している気持を、どう表現しようかと、心を砕きながら歩いてくる。私は、本当は女の尊敬に価する女だったのだと、自分の偉さに驚いている。

「嬉しいわ、私に面会ですって、私に面会人がくるの始めてよ、母は生きているのですね」

私は声に出さず、心の深いところで答える。一方では正常な方の自分が、異常な自分が幻聴を現実のものと受けとめるのを、そのまま受けとめさせたまま、正気の仕事である「幸福の王子」の脚本を、次のように、よどみなく書かせている。指先に正気が住んでいるようである。

王子は、宮廷生活の華麗な記憶を封じこめた小さい金の玉を、つばめに託して、記憶を喪失し、自分が何者であったかも知らず、他家の台所口に物乞いする盲の皿に、金の玉を落させる。盲は皿に鳴った微妙な音に耳を傾け、指をさしのべて玉に触れてみる。つばめは言う。

「目の薬です。さあ飲み下すのです。あなたの過去が見えてきますよ」

という風に……。

私は時々目を上げて、面会の声がかからないと思う。が、不思議とも思わずいつか声がかかると信じつつ、劇を書き進めている。

若い新任の主治医谷川の発案で、病院の創立二十周年記念行事に、各病棟で、劇とコーラス、舞踊と器楽合奏をすることになり、その稽古に入った。元宝塚にいた患者が、ラインダンスと日舞の振りをつけ、踊りの素養のある者もない者も、若い女は全員スターで、ダンスと日舞、コーラスと掛持ちで忙がしい。私は看護主任に、オスカー・ワイルドの「幸福の王子」の本を渡され、脚色するよう命ぜられた。

私の作った王子は、金箔やルビーを貧しい人々に与える代りに、王子の持つ、正常な頭脳や、人間的な愛情や、確かな信仰や、知恵や、記憶を人々に与える、というように私達の欲しいものを与える。最後に原作通り、総てを与え、正真正銘の銅の固りとなった王子の銅像が、凍え死ぬつばめに、口も利かなくなるというものである。配役は主治医の意向で、願い出たりえ子をつばめに、真面目な神山を王子に、その他殆ど全員が出ることになり、私は演出を担当することになった。

神山は三脚に乗って、鉄格子のペンキ塗り替え作業をしていたが、時々筆を咥《くわ》えては、ペンキだらけのポケットから小さい紙片を出し、一とき空を睨んで、台詞の暗誦をしていた。りえ

子は二十五人一度に入って、湯舟一面に首が浮いている中で、タオルを畳んで頭に載せ、のぼせて顔を真赤にしながら、

「私は凍えてきました。王子様、王子様、ああ王子様は口を利かなくなった……」

と、劇場のつもりで天井に声を響かせている。

稽古は男女一部屋に集まってする。出番でない者は廊下の窓から進行状態を見ている。

谷川医師は芝居にすっかり凝《こ》って、患者の台詞を全部録音して、その欠点を、芸術的観点から厳しく指摘する。逆さになろうとも、そこまで患者が表現するのは無理で、その点に向って全員それなりに工夫しているが、台詞が全部暗唱できればいいとせねばならない所である。録音機から突然、脳天から絞り出したような甲高い自分の声がでて、びっくりして笑い崩れる者もいる。元俳優座の男の研究生は、出るとパッと役の人間に鮮やかに変身して見せ、狂気の先にある、当人の人格を明確に浮彫りして見せた。

だが芝居や催しものの中以外では、折角男女一部屋に集まっても、既に自分を捨てて、生きる意義も見出せず、自ら無能と愚かさを認めて、さらけ出している者に、異性としての夢をかけようにもかけようがなく、お互いの狂気の時のさまを、軽蔑しあっていて、関心もなく、砂漠のように潤いがない。

りえ子だけは違っていた。いつか又狂うことがあるだろうけれども、神山の狂気をも含めた

人格を信じ、それに自分の愛を賭けようとしていた。だがりえ子にできることは、稽古の時、神山の隣りに座ることだけであった。それだけで、毎日が幸福のようであった。

神山は全くりえ子に無関心で、芝居以外は一言も、りえ子に言葉をかけなかった。りえ子は自分から声をかける勇気がないようであった。病院の最高のラブシーンは、看護婦の後でそっと手を握りあって、看護婦が振り向いたら、ぱっと手を放すという芸当をやることであるが、りえ子はそれもできない。

神山は台本を受けて三日目に、台の上に銅像の形で立って、台本なしで抑揚をつけ、余裕たっぷりに王子を演じていたが、りえ子は十五日経っても台本なしで役を演ぜられなかった。一行一行つかえて、劇は進まなかった。

「私、つばめの役、立派にやれる所を、母や伯父に見せたいの、役を下さないでね」

りえ子は私に哀願した。

「いいわよ、本番には幕の後で教えるから」

つばめの凍死する所で、神山の王子のズボンに、つばめのりえ子が座って縋りつく所では、遠くから浮腰で神山のズボンに触れ、火傷をしたように手を引いていた。私がズボンを抱くようにして悲嘆するのがいいと言うと、

「おかしくなっちゃうわ、そんなことできない」

と醜いほど怒りに歪んだ顔で荒々しく言った。りえ子はそれ程、神山を敬慕していた。

新任の医師は行く先のある者にはできるだけ外泊させる方針らしく、りえ子は最近の病状から、二泊三日の外泊が許された。

りえ子は七ヵ月近く隔離されていた社会を覗けることと、暫く面会にきていない母に会えることで、陽気に誰彼を摑まえては土産の約束をしていたが、外国へ出掛けるような挨拶を一人一人に交し、不用のものを一ぱい詰めた紙袋を下げて出かけて行った。

私は、母上様が生きていたら、その許でどんな二泊三日を送るだろうと、想像して見ました。

母上様、十三回目のお便りをさしあげます。

りえ子が出かけた翌日私達は又庭に出された。

開放病棟の女が退院するので、家族が迎えにきていた。大きな荷物を三個患者達が玄関まで運んでいた。夫の手を引張り、遠くへ行こうとふんばっている幼児がいた。患者の父と兄が離れて幼児を見つめていた。退院手続きが済んで、夫は子供を車に乗せ、その横の運転席に乗った。妻が後のドアーに手をかけると、夫は身を乗り出して、妻を押し戻して言った。

「お前は離婚したんだよ、お父さん達と話し合ってね」

「知らないっ……、私、絶対に承知しないわよ」

女は叫んで、置いて行かれてたまるかと、車をとって押えようとした。捨てられると知った猫が、人の手から頭に逃れて、髪の毛に爪を立てて縋りつくように。夫はかまわず車を素早くスタートさせ、凄いスピードで門から出て行った。地に伏して、こぶしで地面を叩いて、子供の名を呼んでいる女を、父と兄が黙って、両側から抱きかかえ、荷物を持って、もつれ合って門から出て行った。あの三人にとっては、今後の一生はもつれた糸のように、面倒な苦しいものになるだろうと思った。

或いは私にも六、七人の子供がいるかも知れない。農家の暗い、だだっ広い板の間で、みんな鼻をたれて、大人譲りのだぶだぶした服を裾上げや腕めくりをして着、汚れた足で、菓子代りのとうもろこしをかじっているかも知れない。年上の子は私を憶えていて、気違いのおっかあなんてみだくねえ（みっともない）いなぐなってよかったや、と言っているかも知れない。

私は庭で虫をついばむ鳩を見ていた。ほうほうと呼んでみた。鳩は一直線に地すれすれに飛んできて、後首のやわらかい羽毛を丸くふくらませ、彎曲《わんきょく》した嘴《くちばし》で私の足の甲を啄《ついば》んでひねり上げる。爪切でつまんでひねり上げられたような案外な痛さに、足を踏み替えてすさると、鳩は広げた羽根をひきずり、くるくる私の前後に回って突ついてくる。私が走って逃げると、鳩は一飛びに飛んで迫る。私はそういう手があったのかと、観念して、手の甲にのせて、肩に移してやる。鳩は念願叶って、持前のしとやかさに戻り、私の肩で首を左右にかしげている。

その時門の前に車が止り、門を入ってくるりえ子を見つけた。まだ帰る日ではないがと思っていると、りえ子は門の所で空気を踏むように、足を上げてたたらを踏み、のめるように石の門に顔を打ちつけて崩れた。集まったみんなに、

「伯父さんに連れてこられたので、お土産ないのよ」

と言っていた。私は地に座って、りえ子の頭を膝にのせてやった。

りえ子の伯父は看護婦に、

「睡眠薬を多量に飲んだんです」

と言っていた。りえ子の眉は剃り落され、髪は、羽を所々むしられた鶏のように、ぎざぎざに切り刻まれ、のっぺりした顔に変っていた。意識の混濁したりえ子は、タンカに乗せられ、私の病棟に戻らず、重症病棟に移された。家で何かが起ったに違いないが、私の病棟は他の病棟の患者と交渉がなかったので、知ることができなかった。

そして二十日が過ぎた。

母上様、天涯孤独も悲しいけれど、家族のある者も又、辛うございますね。しあわせというものが、この世にあるものでしょうか、私はそれを見たことがありません。

母上様、十四回目のお便りをさしあげます。

りえ子とは会えず劇を上演する日を迎えた。全患者四百人程が、新しくできた二階の大食堂にござを敷いて、目白押しに座り、各病棟の出し物が上演された。古材応用の舞台、ダンボール利用の舞台装置、モゾウ紙を張り合せて描いた背景、それぞれ、職業や趣味で、得意な患者が作ったものである。

りえ子が出演者の中に予定されていたラインダンスには、代りの者が出た。レコードに合わせ、セロハンのライトの渦の中で、古シーツを赤く染めて作った揃いの、ブラジャーと超ミニスカートで、舞台の最前線、患者の鼻の先で、カンカン踊りのように、花が開いたように足の奥を見せて踊る。練習の甲斐あって、八人の足は肩まで上がる。日頃性慾を押える薬を飲まされている患者達も、さすがに予期せぬ出し物に、

「三病棟、綺麗だよう……」

「ひゃあ……何々ちゃん、よう……」

と嘆声が上がる、だが、日頃厳しくこの方面に興味を持つことを禁ぜられて、何年もの間、触れていない異性の太ももを、急に開け広げて見せられ、とまどっている者が多く、声とならない溜息が、内にこもって、会場はどよめいていた。妄想は酷く猥褻《わいせつ》だが、正気の時は、正常な人達より上品で行儀よく、あまり露骨な野次を飛ばさない。用意したテープやチリ紙の造花が舞台に投げられる。

「夕鶴」を出した病棟があって、障子に影を写す、機を織る鶴が、非常に巧くできていて、おつうの少女も、色白で首が長く、鋭利《えいり》そうで、玄人なみに見事に演じていた。私は何とも、少女が病人なのが不思議に思えた。

りえ子の役は同じ年頃の女が、二日で台詞を覚え、りえ子よりも達者に軽快に、黒ずくめの衣裳で、金箔のボール紙の、銅像の服をつけた神山と、息の合った所を見せた。

私はりえ子を探したが見つからず、りえ子と同じ病棟の者を捉《つかま》えて聞くと、病状が悪く病室に残されたということであった。りえ子は皆が会場へ出払って、ガランとした病棟で、残された四、五人と、窓から会場の方を見ているかも知れないと思った。私はりえ子がラインダンスや、「幸福の王子」を見ていないでよかったと思った。りえ子より巧いつばめ役を、りえ子には見せたくなかった。

そして私は、りえ子の母が同じ病気で、他の病院に入院し、そのショックでりえ子が睡眠薬を飲んだのだという、痛ましい話を聞いた。

母上様、あなたが私が現われて毀《こわ》れる程の、平安の中にいるのなら嬉しいのです。しかし、あなたも狂って、病院の所在地等を氏名につけられて、入院しておいでなら、行ってやれない私をお許し下さい。行けたら、あなたは私に応ずる態度をとることが不可能でも、娘がきてくれたという認識ができる筈です。私は正常な母より、狂気の母をいとおしみます。狂っていても、あなたを軽蔑しません。あなたの一分の正気を信用し、愛します。私もまだ時々狂いますが、正気の時は母上様を見つけ出さないことを心の中で詫び、狂気の時は妄想で、あなたと楽しく語りあっております。

りえ子さんにはむごい言葉かも知れませんが、狂っても手を触れることのできる母がいることを、羨ましく思います。

母上様、十五回目のお便りをさし上げます。

薫風《くんぷう》が薄着になった肌を心地よく通って、窓からは見えないが、回りの雑木林からこうばしい若葉の香りを運んでくる。向いの病棟の壁にも、陽がキラキラと撥ね返り、庭土もほっこり温まって見える。初夏になっていた。私達は明け放った座敷の五つの窓の、歪んだ菱形の陽射しの枠の中に、陽を浴びて一列に座って、今日の昼、三年ぶりにつく刺身は、三切か五切かと言い合っていた。

りえ子は重症病棟より戻されてきていた。眉毛は伸び、髪も整って、目に心の動きが見えた。戻されてきた日、送ってきた患者から衣類の包みを受取り、よかったわねと声をかけると、りえ子は黙って頷いただけであった。

りえ子は誰とも口を利かず、頼まれても誰の髪も結わなくなった。毎日、消えた懐中電灯のように暗い目をして、自分の場所と決めている、床を敷く場所で、壁に向いて横になったまま動かずにいる。

病院の体育館が完成し、体育館開きに、他の病院と、バレーボールの試合が催されることになった。りえ子も選手にされ、試合の前に一週間練習するよう、医師から言い渡されていた。

廊下の出入口の鍵をあける音がして、看護婦に連れられて、他病棟の患者が白いトレパンに紺の半袖のブラウスで、運動教師のように溌剌《はつらつ》と、駆け足で飛込んできた。りえ子の伸びている後姿に、

「あなたが出ないと負けるわ、前衛は坂口看護婦さんの凄いパンチで点を稼げるけど、問題は中衛なの、ガッチリ守れる人はあなたしかいないのよ、お願い、出てよ」

と声をかけた。りえ子は後向きのまま、首を横に振っている。何と言われようと、病院にきてから、厚味を増した腰を見せたまま立上がらない。

りえ子は再発する前、庭でした他病棟とのバレーボールの試合で、中衛として活躍し、最後まで全力で、闘い抜いた。どんな悪球でも、同志と鉢合せしないよう、頭上に両手を広げ、ハアッと力のこもった声をかけて同志を制し、確実に球を受けとめ、同志の手元へ受け易い球にして送り込んでいた。サーブの入らない者が続出する、ようやくバレーの形を整えている試合で、りえ子の達者さは光っていた。が今はその熱意も活力も全くない。

腰を叩いてもゆすっても、肉塊のように答えないりえ子に、患者は非常に失望して、すごすごと引返して行った。

りえ子の気持は私によく判る。私達はテレビで精神異常者、父母を殺傷等のニュースを見ると、私達一人一人が、父母を殺傷する可能性のあることを考える。一人の異常者の為に、私達全国の精神病患者が裁かれる。病院では九割の患者は、殆ど正常と変りなく、人を殺害する者等一人もいないのだが……。患者以外の人間が千人に一人罪を犯しても、九百九十九人は罪に問われないが、私達は全員直ちに裁かれる。病院の檻を厳重にしろ。ニュースの伝わった翌日には病院の近所から、精神病患者は散歩に出してくれるなと、病院に抗議がくる。散歩といっても、一月に一度位、二列に並び、はぐれないように手をつなぎ、列の前後に看護婦がついて、一時間程、主に林の中を古い神社まで行き、野草を摘んで、畑の小道を帰ってくるのである。座敷にいて、道を踏み馴れない者達は、よろよろ歩いているのである。歩くだけで一杯で、何もできるものではない。病状の重い者は出されない。二列になって歩いている私達を、犯罪人のように見て、飛びかかられたら、すぐ逃げる鋭い気構えで、道によけている者がいる。私達は許して下さいというように、首をたれてその前を通る。

私達はニュースに、自分が人を殺したように、とり返しのつかない汚辱に、身の置き所のない気持になる。大きな冷たい失望が、体の芯を凍らせて、震え上らせる。

そして散歩は中止されている。私達は場合によっては今後一生、門の外に出ずに終るかも知れない。

看護者は正常な人達の代弁者として、ともすれば自分が精神病者であることを忘れ勝ちの私達に、人間に価しない屑、動物にも劣る自分を認識せよと、ことあるごとに明らかにその証を指摘する。看護者はそういう者として私達を扱う。私達には何をしても、何をさせてもよいと考えている。

体育館が完成した時、五人の子持の看護主任は、体育館は職員用だから、職員の使わない時に、君らに使わせてやると言う。職員が使うから掃除をしておけとも言う。私は反対ではないかと耳を疑う。患者達は何万円という入院費を払っている。私達も国からではあるが三万円程入院費が支払われている。私達はお客様ではないかと思う。私達は坂口看護婦にその矛盾を問うと、

「主任が何と言おうと、本当は患者さん達のものなのよ、主任のいない時は、どしどし体育館に出してあげるわ、ピンポンでも、バドミントンでも自由にするといいわ」

と十八歳の看護婦は母親のような口ぶりで、柔かい声で言ってくれた。

主任は、私達が体育館を持つ贅沢を、何とも許しがたかったのであろう。看護者がここでは絶対者であることを、誇示したかったのであろう。

開放病棟で、外出日は月一回、外出の帰院時間は三時、三時に戻れない時は電話を入れる。衣類を買わない限り、病院に預けてある金から持たせて貰えるのは三百円と、主任の決めた規則があった。或男子患者は少し遠出をして三時に帰れず、電話代がなくて電話を入れられず、三時五十分に帰ってきた。主任は激怒して、夜の食事を与えないと宣言した。宣言された本人は諦めていたが、飼い馴らされたとはいえ、さすがに皆腹に据えかねて、廊下に三三五五集って、対応策を練っていた。女の患者が勤務室へ行き、主任に、

「私達は入院患者ですよ。看護者は私達の面倒を見、私達の用を足すのが職責ではないの、患者を飯抜きにするなど主客転倒も甚だしいわ」

と言ったところ、主任は、

「お前はついこの間まで、犬のようにメンスの赤いのを足から流しっ放しで、スッチャカ、スッチャカ、裸踊りをしたのを覚えているか、凄い恰好だったよなあ……みんな」

と看護婦達に同意を求め、三人の、身の縮むような頭から軽蔑しきった冷笑を浴びて、その患者は返す言葉もなく、真赤になって引下ってきた。

丁度廊下を医師が通りかかったので、他の患者がそのことを訴えると、まあ一応答えるという恰好で、食べさせてやったらどうでしょう、と主任に伝えてくれと、一言、言って去ってしまった。主任に伝えたが、勿論食事はさせなかった。患者達がセンベイ等を集めて食べさせていたという。

開放病棟のある古い患者の家族から入院費と別に、こづかいの金として一万円送られた。その患者はこづかいの預り金はゼロだと言われ、石鹸もチリ紙も買って貰えないで困っていた。再三、家に催促の手紙を出して、家族が調べにきた。事務員は入院費の前金として受取ったと言う。すぐ退院するかも知れないし、幾らかかるか判らないのに、入院費の前金など聞いたことがない。院長に談じこんだ所、会計は事務員がやっていることで、私は関知しないことだと、取り合わなかったという。事務員は患者が使ってしまいながら、妄想で使わないと言っていると言えば、それで誤魔化せられると思ったのかも知れない。

医師はことが起きると、善悪にかかわらず、必ず職員の側に立った。人手不足の折から、患者よりも職員を大切にする。食事も患者は代用肉だが、職員には本物の肉がつく。悪看護婦や、悪事務員を、患者側に立って厳しく取締まるということをしない。看護者達は患者にしたい放題をする。患者は始めて病棟のドアーを入った時に、自分がどういう者になったかをとくと知らされるのである。

患者の家族の中にも、自分は正常な安定した地盤に立って、患者を自分の都合のよいように、重病人、再起不能の人間に見せかけさせることもする。夫は既に正常になり退院準備の働きに出ているのに、妻が家屋を無断で自分名義にし、離婚を強行する。又患者の財産は大抵兄弟達に使われてしまう。そのくせ、兄弟達は自分の家に外泊させない。

谷川医師が、半強制的に外泊させた所、外泊中の患者の動静を、病院に報告する用紙に、患者が暴言を吐いて、家族を混乱させた、以後外泊させないでくれと書いてくる。医師が早速患者を診察して、君は何ともない、家族の方が入院の必要があると言う。本人はそんなことが書いてあったと聞いて驚く。何も暴言を吐かないし、何事もなく静かに皆と日を過ごしたのにと。正常な人間が書けば何事も、それが真実の重みを持って、誰からも信じられる。家族はそれにあぐらをかいている。患者が如何《いか》に否定しても誰にも信じて貰えない。

私達はそういう存在なのである。私達がそれ程愚かな存在なのを、私達本人が一番よく知っている。りえ子はついにその愚かな群に母を引き入れてしまった。りえ子の生む子も、その群に入り易いことが証明された。社会はりえ子に連なる者総てを裁こうとしている。りえ子は堪えられる筈がない。呑気にバレーボール等、どうしてできよう。

母上様、私もりえ子さんも、精神病と知って、結婚してくれる相手は恐らくいまいと思います。いたとしても生まれてくる子に恐怖を持たずにいられません。子が生きている限り、自分が生きている限り、怯え続けねばなりません。私は生れてくる子を不幸にしない為に、絶対子を生むまいと思います。谷川医師は遺伝しないから、みんな結婚するようにと言います。それが証明され、社会に信用され、自分も安心できる日が、早くこないかと思います。結婚の話等持出してお笑い下さい。病院から出られるあてもなく、愛する異性ができても、患者でしょうし、庭を隔てた窓と窓で、お互いに手を振って、朝夕合図して、それで終る恋でしょう。子を生む等、とんだ夢想をしたものです。何もかも味気なくなりました。

私を正常な人間と同等に扱って下さる母上様、あなたに会えないのが残念です。

母上様、十六回目のお便りをさしあげます。

私は三日前からめまいがして、床についています。精神病院で他の病気にかかると、精密検査や治療ができなくて困るのです。かかったら成行きに任せる外はありません。ゆっくり周りが左に回っていて、目をあけて回る壁を見ていると、めまいがめまいを呼んで、酷く胸がむかついてきます。仕方がないから目を閉じています。

薄目をあけると、私の枕元に、りえ子さんが座っているのが、煙のようにぼううと見えます。トイレットへ行きたいのが限度ぎりぎりになって、とにかく起き上がりました。布団から一歩踏み出すと、斜めにとんでもない方によろめいて、壁に体をもたせかけてしまいました。りえ子さんが背負うように私を抱き、二人もつれあってトイレットに着きました。りえ子さんは中まで入って、ボックスの前で私を待っていてくれました。

そんな日が続いて、めまいのしない時間が長くなってから、りえ子さんは、

「まだ回っている？　……」

と、口を利き始めました。りえ子さんは私の枕元で、母の病気の様子、先日の外泊した時の模様などを、詳しく話してくれました。私はりえ子さんのその時の立場や気持が手にとるように理解できました。母上様にもお知らせしたいと思います。それは次のようなことでした。

りえ子は外泊の朝早く病院を出た。夜明けから待遠しかったのだ。入院七ヵ月目の始めての外泊である。家の夾竹桃は花を幾つつけているだろう。母と二人で、座敷で静かに熱い茶を飲む、何と素晴らしいことだろう。家に荷物を置いたら、人が満ち溢れる新宿を、暮色の六本木を、人間らしい顔をして誰にも咎められず、気儘《きまま》に歩いてみたい、駅からは自然に駆足になっていた。が、駆けつけたドアーに鍵がかかり雨戸も閉まっていた。すぐ帰るだろうと待ったが母は帰らない。近所で聞くと暫く雨戸が閉まったままだと言う。公衆電話で伯父に問うと、母も同じ病気で他の病院に入院したという。

りえ子は何時受話器を置いたか判らなかった。気がついた時は、電話ボックスの道を真直歩き続けていた。親子揃って狂ってしまい、誰が私達親子の正気の代りをしてくれるだろう。母が私の正気の代りをしてくれるから、安心して狂っていられたのだ。りえ子は、この街中で隠さねばならない、親子の狂気を思うと、二重に苦しかった。二度と明るい丘に戻れない。闇の谷深く、髪を乱して、逆さに沈んでゆく自分達を思った。淋しかった。全身から力が抜けてふらついていた。

或は単なるノイローゼかも知れない。りえ子は気をとり直すと、母の病院に向った。回りを住宅に囲まれて、玄関だけが立派で、窓の格子でそれと判る小さい病院の中に入った。左脇の事務室で三人の女子事務員が事務をとり、外来のソファーには誰もいなかった。受付の小窓から、記入した面会用紙をさし出すと、重症ですから面会できませんと断わられた。りえ子は暫く閉まった小窓を見ていたが、再び、病棟だけ見たいが何病棟かと聞いた。事務員はペン先で、玄関の向いの病棟を指し、一病棟だと言った。

りえ子は一病棟の端の窓から、中を覗きこんだ。一見すると、会社の女子寮の休日のように見えた。足を投げ出して本を読む者、壁に寄りかかってレース編を教えあっている者、集まってトランプをしている者、ただ素裸で、ふっくりした両腕を広げ、舞台で歌うような大きな身振りで、いい声で「ある晴れた日に」を唄っている女と、驚きっ放しのように、目を大きく開いたまま置物のように部屋の隅に突立っている女が異常なだけである。それに誰も気をとめないのが又普通でないと言えた。

りえ子は正常な人間の側に立って、見舞客として同病の患者を見る時、相憐れむよりも、自分だけはこの仲間から抜け出したいと切に思った。自分の正気が自分の狂気を軽蔑し、許さないのである。自分の正気の冷たさにぞっとしながらも、同じ病気の仲間を許せない気がした。発病して待つ何物もないのに、何かの僥倖《ぎょうこう》を待っている。限りなく待っている。その甘さが許せないのだ。りえ子は自分の病院で数年間に、再々発、或は五、六回と病院を出入りする人達を見ている。社会も家族もこの中の人間には、もう何も期待していない。それがそのまま自分だと思うと、しゃにむに、ここから抜け出したかった。むなしさに胸をつかれた。

トランプの一人がりえ子に気がついて振り向いた。りえ子は母の名を言いどの病室にいるかと聞いた。その女が娘さんかと聞いた時、親類の者だと答えた。自分は娘でありしかも同病である。それが正常の者の立場に立つと、親を親ではないと答える。正常というものは、親への愛情とすり替えてもいい程、立派なものだろうか。だが理屈はどうあれ、りえ子は娘だと言えなかった。そして心の中で母に詫びた。知らない者に、社会から恐怖を持って見られる患者の家族と見られたくなかった。その者は病棟の反対の端の部屋だと言った。

反対側に回り端から覗くと、廊下を挟んで両側に畳敷の病室があり、短い廊下を散歩するよう行き来していた四、五人の中に母がいた。

両手を後に組んで唇に何か白いものがついている。声をかけようとして声を呑んだ。バンソウコウを縦に三枚唇に張られ、皮紐で後手に縛られていた。母は非常に楽しそうで、何か嬉しいことを企んでいるように、時々こらえきれない風に、顔を伏せてにこにこ笑いながら、おおらかに歩いていた。りえ子はそのまま泣き伏したくなった。真直背骨を伸ばし、コツコツ闊達に歩く、少し冷たくて厳しい、教師特有の、母の姿はそこになかった。あったとさえ思えない。部屋の者に聞くと、ごみ箱のごみを食べる。その口で、やたらに誰とでも接吻しようとする。しまいに壁でもゆかでも、便所のサンダルにでも接吻するということであった。りえ子が声をかけると、判ったのか、顔を、生まれて始めて見る程輝かせて笑い、何か言おうとして、ふさがれているのに気がつくと、いたずらを見つけられた子供のように、はにかんで身をくねらせていた。りえ子は格子の間から、母の好物のおはぎの包みを入れ、部屋の者に皆で食べるよう、母にも食べさせてやってくれと頼んだ。母は狂いながらも、総て判るようであった。りえ子が又ゆっくり面会をしにくると言うと、母は一緒に帰りたそうな顔をした。その気持は痛い程りえ子には判っているので、涙がこぼれそうになり、そこを離れた。

自分が狂ったことより、母親の狂った姿を見たのが辛かった。自分の為に狂った母がいたましかった。しかもこの姿の母と街を歩かねばならないとしたら、自分は確実に道に母を置いて逃げ出すだろうと思った。母の行方不明や死よりも、街の人の侮蔑《ぶべつ》や恐怖の目が堪らないのだ。自分も狂っていながらである。そんな自分が許せない。だが、これが本物のりえ子の心だ。りえ子は自分のその心を憎んだ。

母上様、私がりえ子さんだったらと空想します。私はその病院に入院し、一緒に暮します。入院する前の社会での自分達の物語を、色々に作ることでしょう。沢山の入院患者を送り迎えしながら、ここを出るのを止そうね、と話し合って、お互いの傷を舐めあって、一生を終えるでしょう。でもそれは空想です。現実は不可解です。現に私は母上様を存じません。

母上様、十七回目のお便りをさしあげます。りえ子さんの御話の続きをお知らせします。

りえ子は伯父の家まできて、今では自分達母子が伯父の親類であるのが申し訳なく、できれば伯父に会わず、病院の仲間達の許へ帰りたいと思った。迷っていると玄関の戸が内から開けられ、上りかまちに伯父が二歳の孫の手を引いて立っていた。伯父はりえ子が突然何かを叫び出して暴れ出すのではないかという恐怖で、声もかけずりえ子を見つめている。りえ子が近づくのを待って、孫が抱かれる形で、身を投げかけてきた。りえ子が思わず抱き取ろうとすると、伯父は警戒する険しい目付で、素早く孫を後に隠した。りえ子は驚き、機敏に反応して、自分の正常さを表明しようとしたが、できたことは呆然と両手を差伸べたまま、私も自分が厭《いと》わしいという泣き笑いを浮かべることだった。一瞬の内に伯父の目付を変えさせることもできず、笑っている卑屈な自分が口惜しかった。今まで知らない冷たい気流が間に流れていた。どんな狂人にも二分の正気がある。その正気は行動に移すことをせず、鏡のように現実を写して見ているだけである。その正気を伯父は信じていない。

「まあ、お上り」

姪が来たのなら仕方がないというように、りえ子の手をとって、座敷に引き入れた。

伯父達はりえ子を意志の通じない人間のように放っていた。優しくして今後来られるのは迷惑、ともとれた。従妹はりえ子の前に座りながらも、りえ子に話しかけず、何時迄も膝の子供に話しかけながらヨーグルトを掬《すく》ってやっていたし、伯父はすぐ背を向けて、机で趣味のブローチの動物の木彫りを続けていた。りえ子は極度に緊張して正座し、どうしようもなく顔をこわばらせ、正常な人間の仲間にはついに加えて貰えないのかと思っていた。それでも伯父は、りえ子の堅く座ったその緊張ぶりを不安そうに、重苦しい目で上から下まで眺め、心を乱されて巧く木彫ができないようであった。伯父は娘に、

「母親の所に行ってきたのかな？　……」

と言った。

「行ったんでしょ、ね」

と従妹がりえ子を覗きこんだ。りえ子はこの上、母のことを話題にされたくなかった。

「ええ……」

「どうだった？　……」

「会えなかったの」

「どうして……」

りえ子は答えられなかった。自分達の浅ましい姿を、この人達には極力隠さねばならないと

思った。思う程に辛さが膨らんできて、ブラウスが濡れる程、上げたままの顔に、声のない涙を雨滴のようにこぼして、長々と泣き続けた。伯父達は原因の重大さをりえ子はどれ程も理解できないと決めているらしく、その激しい泣方も異常に見えるのだろう、眉を寄せ半ば呆れたように顔を見合わせていた。

「叔母さんは一寸疲れて入院しただけよ」

従妹のしてくれたことは、りえ子の心の中の涙ではなく表面の顔の涙をタオルで拭いてくれたことだけだった。

伯父達にしても得体の知れない狂気をどうしてやりようもないであろうが、発病した者の哀れさより、精神病の持つ忌わしさの方を強く感ずる。その浅ましい忌わしいものを身辺から極力遠ざけようとするのは当然なのであろう。りえ子が去れば伯父達には又変りない日々が訪れるのである。

その時従妹の友人が三人訪ねてきた。りえ子は、外から見て変っている訳でもないのに、台所に隠れた。そしてこういう時、正常ならば何か手伝いをしなくてはいけないのだと、発病前には考えもしないことを思いついた。勇気を出して従妹に、友人達の食事を作らして欲しいと願い出た。従妹は友人が来てうっ積した気持がほぐれたように、

「うんと御馳走、作ってね」

と言った。

りえ子は喜び勇んで、乏しい料理の経験を生かし、味が判らなくなる程味見をし、指先に火傷を拵《こしら》えて、種々の料理を作った。友人が帰ったあと、りえ子は誉めて貰いたくて、味はどうだったかと聞いた。

「サービス過剰よ、限度というものがあるでしょ」

従妹は露骨に顔をしかめてにべもなく言った。一瞬でもりえ子の正気を信じたのが間違いだったと言うように……。もう何をしても従妹達には、気に入られないと思った。発病前の解け合った親しさはなかった。或はやはり自分は常軌を逸しているのだろうかと、自信が持てなくなった。洗物が終るとりえ子は、自分の家に泊りたいと言った。一人になりたかったのである。すぐ伯父は鍵を渡してよこした。そのたやすさが、伯父達がりえ子親子を扱いきれなく、やりきれなくなって、投げているように思えた。死んでくれと言われている気がした。伯父達との縁の切れ目も遠いことではあるまいと、りえ子は悟った。そういう扱いに敏感になっていた。自分達が如何に伯父達の重荷になり、憂うつにさせているか、従姉妹達の結婚生活に、暗い影を投げかけるだろうことを思うと、許しを乞いたかった。許しを乞うには、黙って自分達の方から遠ざかることであった。

りえ子は我家のかびくさい布団を引きずり出して倒れこんだ。火傷の指がずきずきと傷んだ。二間の家の茶色の畳、指のしみの残る唐紙、親子電球のほの暗さ、ここに確固たる母がいて、強固な家庭が存在していた。どんなに道草を喰っても、いつでも戻れる処である。その城を失った。社会ではりえ子親子を元のように安住させないだろう。先ず経済的に暮せない。生きることが難かしく、どう死ぬかを考えるようになるだろう。

りえ子は狂う程のショックを母に与えたのが堪らなかった。母がりえ子の入院のあと、ここで、どのように苦しい日常を過していたかと、想像すると、母が哀れであった。幾日もろくに食事もせず、何とか教職だけは続け、終りに些細なことに大声を出して、むちでテーブルを叩いて生徒を叱っている。驚いた校長が伯父に連絡する。そうした自分に気がついて、母は一層混乱する。りえ子は母を狂気に追いやった自分の存在を絶対許せない気がした。

りえ子は健康な時、母に家出を宣言して、リュックサックに衣類と毛布を詰めて、出たことがあった。理由はつまらないことで、炊事が全部りえ子の肩にかかっていることへの不満だった。仕事を持っていても、どの家でも母が炊事をしている。するのが当り前だと思っていた。普段は、疲れて帰る母を、炊事することで労《いた》わっていたが、日によってそれが我慢のできないこともあった。ある夕方、りえ子はそれを言い募って、剝いていたジャガ芋を、ビューン、ビューン、座敷の机に、何時もの通り帰るとすぐ向った母の背に投げつけ、空の薬罐まで投げつけた。薬罐はふたを飛ばしながら、転がって母の尻を打った。母は微動だにしなかった。静かに生徒の答案に朱筆を入れている。母は仕事の外に、自分の勉強にフランス語の塾にも通っていて、りえ子が意地になって仕度をしないと、何時迄も食事にならず、りえ子の方が空腹でたまらなく、支度に立ち上がるのであった。母はすね翳りは飯位炊くべきだと考えているようであった。りえ子は煩《わず》らわしい炊事を徹底的にやらせてやれと考えた。反応しない母に、堪りかねてりえ子は包丁を放り出すと、リュックに衣類を詰めた。母は振返らなかった。母は仕事に熱中するたちであった。今までりえ子を育てることに夢中であったが、今後は自分の勉強をし、充実を図ろうと考えているようでもあった。

りえ子は五百円程しか持っていなかったが、意地でも母に呉《く》れと言えなかった。詰め込んだ大きなリュックを担いで玄関を出る時も、母から声はかからなかった。

りえ子は柿の木坂から明大前まで来て、駅近くに並んでいる周旋屋の貸間札を読んで歩いた。部屋を借りるのに三万の金がいった。どうにもならないのを承知しながら、三畳ではと計算し、暫く考えたりした。住込みで働き他人の食事を作るのでは同じことであった。とにかく独立したかった。目的もなく坂を上り下りし、狭い道を曲りくねって行くのは、酷く疲れた。吉祥寺に行き、裏通りの宿屋の前に立ってみたが、五百円ではどうにもならなかった。すぐ十一時になった。りえ子は終電で家に戻った。本当に家出する気持になっていなかったのだろう。狭い庭から縁側に回ると、雨戸が開いていて、月の明るい夜で、電気を消した障子に、リュックを背負った自分の影がくっきり写っていた。母の身じろぐ気配がした。りえ子は縁側に、リュックを背負ったまま二時間程腰掛けていた。母も障子の内から、その影を見ていたことだろう。りえ子は暗いままで床を延べて眠った。

翌朝りえ子は食事の用意をした。母はりえ子の起きる前から、スタンドをつけて、床の中で書物をしていた。

そういう意地悪が母にできる程、お互いの正常さに安住し、家出ごっこをやっていた。自分達が選ばれた罪人として、狂気を経験するとは思ってもいなかった。何と愚かないい気な子供だったのだろうとりえ子は思った。病院を出たり入ったり、擦れ違いに病院生活を送るようになったら、りえ子は母子の正常な時代の生き方に悔いることが多かろうと思った。母も同じであろう。

りえ子は床の中で何時間正常であったか判らない、或は何分であったかも……。水が流れる時いつも同じ窪みに流れこむように、幻覚の世界に入りこんで行った。

屋根裏に膝や頭のぼっくり飛出した柱のように瘦せた男や、八ツ手のように手足のバカに大きい男など、奇怪な裸体の男が四人うずくまっていて、りえ子の布団に下りるのを、お互いに牽制《けんせい》しあっている。闇の中で八つの目が、豹の目のように光っている。下から屋根裏が見える筈がないが、屋根裏はおろか、街の隅々、一軒一軒の部屋の中まで見える。男達のいる屋根裏にもう一人の自分がいて、誰でもよい早く襲いかからないかと眺めている。一人がじりじりと身じろぎすると、音のするような皆の鋭い視線が、ハッシとその者に投げられる。胸の厚い逞ましい親方株の男は、深海から浮び上ったばかりのように、皮膚に夜光虫が明滅している。顔は浮腫に崩れ、腐ったジャガ芋のように、黒紫色だ。白濁した目を天井板に押しつけ、隙間かられえ子を見ている。親方の唇から膿が流れて、床のりえ子の唇に垂れる。りえ子は布団で顔を被った。痩せた男が羽目板を外しかけては引き戻され、骨を叩かれて、コーンという音とともに呻き声を上げる。他の者達も親方に殴り倒され、屋根裏は逃げ回る音で震動し、遭難者の肉体の岩壁への落下音に似た、パーンと内にこもった、肉体の相撃つ音が跳ね返ってくる。りえ子は有りったけの布団を押入から引っぱり出し、竹の子のようにくるまっていた。親方は羽目板をずらしりえ子の横に下りてきた。親方はりえ子の布団をわし摑みにして、真中から何枚も引き裂いてしまう。そのくせりえ子はその破かれるのに期待している。正常の時も異常の時も、これだけは変らず燃え続けている生命の炎の為に、乾いて乾いていて、そこにどうしても水を求めたくて、体の奥深くある、もの欲しいものを男達に求めていて、妄想の親方に、骨が砕ける程、平たく強く抱きしめられて歓喜していた。何度も湛《たた》えられては乾き、乾いては満たされ、りえ子は床をくるぶしで蹴り上げながら、激しい痙攣に身をよじっていた。りえ子は狂気によって処女を犯されていた。親方はようやくりえ子と並んで仰向きになり、静かになった。りえ子は始めて、母よりも親方を一生頼ってゆきたいと思っていた。横から親方の腐って欠けた鼻の頭と、殴り合いで潰された赤黒い片目を見ていた。

親方が天井に上がると、待っていた男達が一度に天井板を破いて飛下り、りえ子の体の空くのを待たず、一度に三人が突き挿し、りえ子は右から、左から、勝手な動きで下敷にされ、頂点を繰返し繰返し長々と続けながら、踏みしだかれた。だがりえ子は欲して、欲していた。疲れを知らずに……。

その夜が明けて、近所の大工がりえ子の窓の外を通った。りえ子は妄想の親方だと思い、寝巻のまま跣《はだし》で走り出ると、その前に立塞《たちふさ》がり、秘密めいた笑いを見せた。相手は不安な眼差しで身をよけた。りえ子は正常な時言葉を交したことのない大工の、さけられる前へ前へと、回って立った。大工は苦笑している。好奇心と憐憫《れんびん》の混ったその表情を、りえ子のわずかな正気が見つめていた。が、りえ子は媚びた顔で大工から眼を離さない。ついに大工は苛々とりえ子を突き飛ばして去った。

大工が去ると子供達がりえ子を取巻いた。

「これ……うまいよ食えよ」

一人が泥まみれの手で石を突きつけた。脇の木の上から、

「ほうら、これも上げるよ」

石がりえ子目がけて投げられた。一つが髪に当った。食べろと言われてりえ子は、食べなくてはいけないような気がして、石を出す顔に目を据えたまま、口を大きくあけてしゃがんだ。りえ子は石で口を膨らませたまま、吐き出せと言って貰えないと出せない気がして、棒のように立っていた。子供達は小悪魔のように、赤い舌をちらちらさせ、体をゆらめかせて笑っていた。りえ子も石をくわえたまま一緒に体を揺って笑っていた。子供達は露地の敷石の一つ一つに、白墨でりえこのきちがい、と書いた。りえ子は読みながらその上を飛んで往復した。幼児までがりえ子の異常さが判るのか、大人のように大げさに仰向いて笑っていた。

そこに伯父がきた。伯父はりえ子の口の石を出してやり、病院に戻ろうと言った。外泊は当分してはいけないよ、と言った。りえ子は狂いながら、狂っている自分にも気がついていた。伯父が必要な衣類の包みを作っている間に、母の常用の睡眠薬を多量に飲んだ。そして、狂気の中で死んだと知ったら、母の悲しみも少なかろうと思い、眉毛をそり落し、髪を摑んで手当り次第に鋏で切り刻んだ。

りえ子さんの最初の外泊はこのようにして終りました。

母上様、声をひそめて聞きます。あなたは一度も狂ったことがありませんでしたか？　狂ったことがないとおっしゃるなら、伺いたいのです。嫌な人間のうようよいる、この凄まじい世に、どうして狂わずに過してこられましたかと。病院の外の人達は、病院に入ったことがないというだけで、自分も気がつかずにみんな少々狂っているのではないでしょうか。

新聞紙上に現われている世の様々の悪の現象の根元は、人間が狂った時に起す現象ではないでしょうか。戦争、公害、殺人、強盗、傷害、皆、自分にとっては正義だと信じて行う、自己の繁栄、利益、欲望を満たす為の狂った行為ではないでしょうか。ここは自分の国だと互いに宣言して、土地の民族を追い出し合う者。追い出されたと皆殺しに走る者。自国を守る為だと、恐ろしい核兵器を製造する国の人々、自国の防衛の為だ、正義を行う為だと戦争を強いる者。皆正義を行っていると、自信を持って疑わない。

その絶大なる自信が持てるということ、それが即《すなわ》ち狂っている証拠ではないでしょうか。狂わなくてはそういう自信、或は総ての自信と言ってもいいですが、持ち得ないものです。どんな理由があるにせよ、他人に害を与える時は狂っているからではないでしょうか、これを行い、これを命ずることは自分達が狂っているからではないかと、どうして疑わないのでしょう。

私達は医師の問診にあうと、自分の頰が痒くて、掻く行動さえ狂っている行動ではないかと疑う程、総ての判断に自信を失うのです。医師はそれも狂気、これも狂っている行動だったのだと、自信を持って患者に断言します。自分の頭脳と判断に絶大なる信頼を置いている。その疑いを持たぬ、医者の強さと神経は化け物の持つものではないかと思います。

医師は優位に立って、患者の親の過去、兄弟の性格、経済、経歴まで調べます。患者の発病の源を知る為もありましょうが、レポートの材料でもありましょう。調べている医師は自分の正常さに信頼を置いて疑わないでいますが、ある時には医師といえども、狂気を伴った行動をし、正常だと信じて疑わず、他人も自分も正常なものとして扱い、医者故に狂気を許されている所があるのではないでしょうか、これは総ての人に当てはまると思います。この世に私は絶対に正常であると言い切れる者がいたら化け物だろうと思います。世に狂人は満ち満ちています。気がつかないだけにそれは誠に危険です。正気と信じているからこわいのです。私達は自分の狂気を嫌になる程自覚しています。人々は自分の狂気を正しいとして他人に押しつけます。恐ろしいことです。私達からみればそういう人達は皆怪物です。

母上様は化け物であって欲しくないのです。自分の狂気を自覚していて欲しいのです。随分偉そうなことを書きました。母上様が、私も少々狂っている所があるのよとおっしゃるなら、愚かな者同志として、お互いの狂気を、笑話にするでしょう。でも私は母上様がどんな方か知るのがこわいのです。私は私の作ったイメージで母上様を見ていたいと思います、どうぞお返事を下さらないで下さいまし。私の手紙を読むだけにして下さい。

母上様、十八回目のお便りをさしあげます。母上様も一緒にりえ子さんの苦しみを分けあっていただきたいのです。りえ子さんを苦しませる者に怒りを打ちつけたいのです。でも誰にぶっつけたらよいのでしょう。正常な者の社会では明らかに相手がいます。でも私達の狂気は自分の中のものです。自分に向ってどういう罰を加えればよいのでしょう。自分の狂気に手も足も出ません。

りえ子さんのことを書き続けます。

誰とも話をすることなく、横になり続けていたりえ子が突然起きてきた。壁に背をもたせてスカートの裾のほころびを直していた私に言った。

「葉書十枚持っていない？　……」

「十枚もどうするの……」

「母が退院したの、だけど学校を首になったのよ。母の就職を頼むのよ、採用する所あるかしら……」

「病院の外のこと判らないのよ」

「多分見つからないわね。でも書いて見るより仕方ないわね。知人全部に出して見るわ」

葉書一枚で病後の母の仕事が見つかるとも思えなかった。

「三枚あるわ、あとは借りてあげるわ」

りえ子は私が借り集めてきた葉書をパラパラとはじきながら、

「母は何で私を生んだのかしら……」

と言った。

「生まれなかったよりよかったと思わない？　……。

何事も存在してから始まるのよ、この世に自分が全く存在せず、絶対の無だったとしたら、空恐ろしい程、空虚《むな》しいと思わない。

狂って、生まれたての猫をかじっていても、そこに存在しているということは、その者にとってはとても大切なことなの。この世に肉体を持ったことは、大変得難いことなの、りえ子さんは自分の大切さが判っていないのね。

ミクロの世界の生物さえ、生れたことに驚いて、懸命に生きている。存在した後で病死等するのならよいが、生れずに、多数の人が行動したり、見たりした総てを、太陽も、世界も、宇宙も、人間さえも知らなかったら、考えられない程の、大きな損失をしたと思わない。その生を踏みにじるような事を言っていいの、自分がここにいる、重大なことじゃない？　……。

私は、一日一回は散歩に出されるが、あとは死ぬ迄、鎖の範囲で這い回っている犬を見ると、胸が痛くなる程悲しくなるの、犬が辛かろうとね、犬が、犬の姿で生れたのは、その犬の所為《せい》ではないけれど、当然のこととして、堪えているのよ。犬だって堪えているのに、何であなたが堪えられないの、生物が苦しむのは当然のことなの、それぞれ違った形でね。

とにかくこれまで生きてきた。都合が悪くなったからと、お母さんを責めるのはおよしなさい。病気はあなたの魂から起こったことなのよ」

「私、生れたことが空虚しいのよ。ありがたくないの、生んだ母が恨めしい……」

「それはあなたが贅沢なのよ。あなたは私より恵まれているから、その分だけ不満を持つ余裕があるのよ。つまり運命に不服を言って、甘えているのよ。

年をとれば色々見えてくるわ、それが当り前の人生だとね。待つより仕方がないのよ。それが悟れた時に、ようやく楽になれるのよ。

私はね、健全な頭も、若さも、自由も、肉親も、経済力も、もう何も持っていないから、弱い肉体でも、孤独でも、狂気でも、ここの生活でも、何でも大事にするわ」

「私、恵まれているの？　……判らない……でも思いやりのある貝塚さんの為に、判る時を待つわ」

りえ子は顔を傾け考えこみながら言った。やがて聞いた。

「私直る？　……」

「今、直っているじゃない、これ以上の、再発の原因になることが起きようがないわ、あとはあなたの心の導き方次第よ」

「そう、私、本当におかしくないのね」

「ええ、変じゃないわ、社会では一度狂うと永久に狂い続けると思っているでしょ、でも私達が一番よく知っているでしょ。九九％の人は長くて十日、四、五日経つと殆ど正常に戻っているじゃない。私達が社会の考え方に迎合して、世間が大騒ぎするからと、何で生れたのが口惜しいなどと言い、病気を恥じるのよ」

「この格子窓は絶望させるわ」

格子を拳で叩きながらりえ子は言った。

「ないと思えばいい、あなたは正常なんだから、隠れている必要などないのよ」

「本当に正常なら、自由に街を歩いてもいい訳ね」

「いいわ、歩かせてあげるわ、谷川先生なら私も出してくれるわ。先生は鉄格子等いらないと言っていた位だから……。私、買物をしてみたい、街に行きたいわあ……」

「私、本当の肉が食べたいわ。刺繍のブラウスも買いたいの、九百円下して貰えばいいわね」

私達は外出の許可が下りたように話し合っていた。

「私、四百円にするわ、お金無いもの。一駅だそうだから所沢という所へ行きましょう。でも私の側離れないでよ、約束してよ」

「信用ないのね。でもきっとだめだと言われるわ」

「許してくれないなら、私ハンストをやるわ」

私は本気で谷川医師に外出許可を願い出る気になっていた。

坂口看護婦に口添えして貰いながら、私がりえ子を外に連れ出したいと言うと、谷川医師はかえって喜んだ。これからは患者を開放する治療法で進む。病院を家代りにしないで、どんどん退院し、結婚して欲しい。りえ子にもこの病気は遺伝しない、主として環境によって発病する、と伝えてくれとも言った。

勤務室でその言葉を聞いて、私はりえ子に早く知らせようと、喜びのあまり椅子からいきなり立上って、頭の上に突出ていた薬戸棚の角に、したたか頭を打ちつけた。生温い血が額に多く流れだし、私は驚いてしまった。余り興奮したので余計血が吹き出したらしい。坂口看護婦は、頭は血が多く出るのよと、切れた個所の髪の毛を切って治療してくれた。

「連れていって下さるの」

りえ子は深い感謝の眼差しで、始めて心の底からのほほえみを見せた。

私も出たかったのである。私は街を歩き通せるか心配だった。歩きながら時々気が遠くなり、或は途中で気を失って倒れないか。余り自信はなかった。

母上様、次は私の始めて見た街のお便りと、りえ子さんのことをお知らせします。


母上様、十九回目のお便りをさしあげます。

外出は、大勢の方が安心だろうと、他に願い出た二人も加えられ、四人となった。

朝、外出者は起床時間にならないうちから、音を立てないように、水道を細く出して顔を洗っていた。りえ子は以前のりえ子に戻って、暫くぶりに、外出する者達の髪を精力的に結い上げていた。今日は外出という目的のある髪結いである。髪一すじにも念が入れられる。

「その髪直させて」

りえ子は私の肩を引く。

「この年で、しゃれた髪結ってもしようがないわ」

「一寸手をかけると素敵になるわ、座って……」

私は根本を心地よく通ってゆく櫛に目を閉じていた。りえ子は母が入院してから、こづかいにも困るらしく、病院での買物に、好きなレモン等頼んでいなかった。今日の外出はそれらの不自由を忘れさせる、素晴らしい自由の時間が持てるのだ。私は早くりえ子を連れ出したかった。みんな浮々していた。案外美しい外出姿の自分を、鏡の中に発見して得意そうであった。りえ子は男の子のように、短く刈り上げてある自分の髪を、鏡も見ずに五、六回手探りで梳き下すと、素顔のままで用意ができた。

りえ子は医師から九百円は使い過ぎると七百円持たされていた。その中には全員に、谷川医師から三百円ずつ、坂口看護婦から百円ずつと、ポケットマネーから出して呉れたものが含まれていた。

道に出ると雑木林の梢がアーチのように両側から枝を伸ばし、滴るような緑がお互いの顔を染めていた。緑をこんなに間近く見たのは始めてである。艶やかな、様々な形の葉の美しさを確めるように、私は頭上を何回も見上げた。すぐそこに誰でも歩いてよいこの道があった。何が私達を通させなくしていたのか。病気の所為とする考え方を痛い程叩きこまれてきた、が、それだけではなかった。社会の人達の冷たい無理解と無情が、この道を私達に閉ざしていた。私達を遮断することで、永久に私達を葬り、問題を済ませてきた。ほんの少しの理解で通れる道だったのである。その少しの理解を今まで得られなかったのである。

私はこの道を通って病院を去ることができたら、再びこの道を戻ってきたくないと思った。

去った日から私の人生が始まるのだが……と思った。

畳ばかり踏み馴れた柔かい足裏に、不安定に靴を通してくる、アスファルトの堅い広い感覚が、これからの二時間、社会人として歩く誇りを持たせた。勝手の違った方向に揺らぐ借り靴を、踏みしめて歩いた。

台風の予報が出ていたが、天気は今日一日は持つということであった。

畑の道に出ると、ジャガ芋の葉を翻《ひるがえ》して、風が砂と共に、容赦なく吹きつけた。四人は風がくると背を向け後向きに歩きながら、白粉《おしろい》のように小鼻や額に吹きつけられた砂を指差しあって、たあいなく笑い合っていた。解放感で声高く歌でも歌いたい気持であった。

一駅先の所沢で電車を下りた。

改札口を出ると、私は目前にあまり沢山の人が目まぐるしく右往左往していて、その者達が一挙に自分目がけて押し寄せるような錯覚に捉われ、足を掬われたようにふらつき、吐き気がした。せわしくぞろぞろと改札口を出入りして行く者、出札口に行列している者、人を待ってたむろする者、駅から放射線状に街に散る人達。私は始めて見る実物の街に、見えない手が私を押し止めるように圧迫を感じ、時々目がかすんで巧く道を進めなかった。

八百屋菓子屋レコード店洋品店、小さい店が商品を道まであふれさせて目白押しに並び、その中に一組一組の家族がいて、連携を保って暮している。それが私には何とも不思議に珍らしく思えた。私の病棟では、一、二を除いて皆孤独で、人間はみんな一人ぼっちだと思っていたので、改めて社会の人々の生活を目のあたりに見て、驚いていた。どうして大人達は、一人一人で生きていないのだろうと。

若い男女、主婦、老婆、中年の男、それぞれ思案顔で昼の街を行き交うている。それらの人人が自分らに無関心なのはありがたかった。私は訳もなく精神病者であることを見破られ、好奇心の強い目で見られると恐れて、自分の表情には気を配っていたのだ。その人々は自分が今生きていることをあまり考えず、さしあたりの買物を、仕事を、勉強を、デートを、娘の家のことを、庭木のことを、思い浮べて歩いている。

そのもろもろの複雑な人間臭い生活を持っている人々を、私は羨ましいと思った。人生は、電車の一駅を乗り出すことから始まるとも言える。目的に向って、それぞれの人生の勤めを果しに行く。又邂逅《かいこう》と、永久の別離と……、その中に私達も含まれる。

所沢では先ず、安いと看護婦間に定評のある洋品店に入った。のしかかるように壁一面に天井まで飾られた、色とりどりのワンピースやブラウスはきらびやかで、一つ一つ手にとれば格安で、買わなければ損をする気持に誘いこむ。院長夫人や、事務長夫人のお古や、退院者のお下りを、大事に繕《つくろ》って着ている私達には、ブラウスの白さだけでも圧倒される程、美しく見える。りえ子はブラウスを三点しっかり握ったまま、尚他を引きずり出して眺めている。

「これ……どう……」

りえ子は胸に大きく紺のあやめの刺繍のある、水色のブラウスを胸にあてて、顎を引いて見せた。美々《びび》しい洋品の中に立つりえ子は、病人ではない、只単純に美しくなることが生甲斐の一少女になっている。りえ子が代る代る他の二枚も胸に広げて見せた。私はりえ子があやめが気に入っている様子なので、

「あやめが一番似合うようね」

と他の二人をかえり見た。

「その水色に、色白がよく映えるわ」

「りえ子さんのお母さんの好みは地味過ぎるわよね」

「試衣室で着てみるわ、バッグ持っていて」

りえ子は人を分けて、上気した顔で戻ってきた。

「これ好きになっちゃった」

「それを着て化粧すると、綺麗になるわ、りえ子さん」

一人が言った。

「そうか、買おうかな」

りえ子は楽しそうに笑いながら、なお眺めていた。店員からお買徳だからとすすめられて、

それを買った。値段は五百三十円であった。他の一人が靴下を買い、看護婦に聞いた寿司屋へ向った。私は生れて始めて食べる寿司である。

りえ子は寿司を食べる金が残っていないからと、途中で菓子パンを二個と牛乳を買った。私達が御馳走する、寿司は入院以来食べていないでしょうと言ったが、りえ子はお互いに金が無いのだからと堅く断った。寿司屋でりえ子は一人パンと牛乳を食べていた。私は口にじわりと広がるふっくりと複雑で微妙な寿司種の味と、飯の調和した味覚に殆ど恍惚となっていた。私が寿司を三個残して食べるようすすめたが、りえ子は手をつけなかった。

寿司屋を出てから連れの一人である花井が、新聞広告で見た、ズボンを安売中の所沢マーケットへ行こうと言い出した。花井は私にズボンを一緒に見て欲しいと言い、四人は二階建てのマーケットの二階に上りかけた。りえ子は一階でイカフライを買ってから行くと、登りかけた階段を下りて行った。

「じゃあ、それぞれ買物を済ませたら、入口で待ち合わせましょう」

私の言葉に三人は頷いた。

私と花井は二階に上った。買うズボンは中々決まらなかった。私はりえ子が気がかりで途中で階下へ下りて見た。入口に見えなかった、総菜売場へ行ってみた。フライの揚がるのを待っている、腰の見事に張っている、潑剌としたりえ子の後姿が見えた。私は引き返した。花井はまだ迷っていた。地の厚さを調べ、伸縮具合を調べ、色を比べている。尚とぼしい持参の金額内で買わなくてはならない。花井は賭をする気持で買うズボンを決めていた。二人が入口に行くと、左竹一人が紙包みを抱いて待っていた。暫く三人で買ったものを、袋を開いて見せあっていたが、りえ子が現れないので私は総菜売場へ行ってみた、が、いない。我々が遅いのに退屈して売場を回っているのだろうと、三人で手分けして探したが見えない。飽きて先に帰ったのよと花井が言い、いや帰っていないわよ、大変だわ、主任に責任持ってみんな連れ帰るよう言われているのよ、と私はりえ子を連れ出したことを後悔し始めていた。あれ程約束したのにと、私はりえ子が判らなくなり、りえ子を早く再起させたいという興奮も去って、全く自信を失っていた。私は今後絶対りえ子を連れ出さないと息巻いていたが、左竹が、

「電話でもかけたい彼でもいるんじゃない？　……駅で待っているかも知れないわ」

と言うので、りえ子のあと買えるものは菓子位だと、菓子屋を一軒一軒覗き、ブラウスを買った店も見て駅まで来たがいない。私は病院の駅に下りると、遠出とショックで膝がふるえて、緩急自在に歩けず、ギクシャクと歩いていた。私は二人を先に報告に駆けさせた。二人は入院して私より日が浅いので足が早い。私は駆けているつもりで歩いている速度と変らず、道が遠い、遠いと、又早く手配、手配してよと、呟きながら歩いていた。一方で、自殺をする者は誰にも心中を打ち明けず、にこにこ暮していて、突然自殺してしまうものだ、私に心を打ち明け

たりえ子が自殺する筈がないとも考えていた。

病棟の入口で患者の一人を捉えて聞いた。

「りえ子さん帰っている？ ……」

「あら……一緒じゃなかったの……」

私は呼吸が苦しくなり、顔から血が引いてゆくのが判った。花井が顔をほころばせながら奥から走ってきた。

「りえ子さんは心配ないわ、お母さんから電話があって、一緒に連れて帰ると言ってるそうよ。りえ子さんが買いたいものがあるから所沢の駅まで来てと、電話したんですって」

「ああ、驚いた……」

私は部屋の入口にストンと腰を落した。私は腹が立ってきて、

「案外図々しいのよあの娘は、一言も私に断わらないで、ねえ……そう思わない？ ……」

花井の広げたズボンを見に集まった皆に言っていた。皆はりえ子のことより、外出した上ズボンを買ってきた花井が羨ましく、私の言葉など聞いていなかった。私は一人でなおもりえ子を罵《ののし》っていた。

二階の食堂で夕食をとっている時、患者の食べ具合を見ていた坂口看護婦が、

「一寸、貝塚さん……あれ、りえ子さんのお母さんでしょ」

と指差す窓外を見ると、雨が降り始め、斜めに吹きつけていたが、病棟の入口で傘を下したのを見ると、背のずば抜けて高いことと姿勢のよいことで、見覚えのあるりえ子の母であった。

「あら、りえ子さんが一緒じゃないわ」

私の声に、看護婦が空気に乗って滑るように、食堂の入口から消えていた。再び看護婦が現れ、食堂の鍵を明け、階段の下り口と上り口の鍵を明け閉めして、私達を病棟に送りこんだが、間もなく私達三人を勤務室に呼んだ。

「所沢にりえ子さんの知合あったかしら」

看護婦は私達に聞いた。

「いいえ、聞いていません」

「お母さん、今迄所沢の駅で待っていて会えなかったのですって……病院に帰っているんじゃないかと思ってきたと言うのよ」

「私達が帰ったのが十二時、六時間も何処を歩いているのかしら……」

りえ子の母は、りえ子が家に戻っているのではないかと、折返し帰ったと言う。

「お金どの位持っていた？　……」

「ええと……ブラウスが五百三十円、パンが三十円、牛乳二十五円、電車賃二十円、イカフライ六十円位、電話が市外通話で三十円か四十円、合計七百円、一銭も持っていませんね」

「一銭も？　……」

看護婦は暫くものが言えずにいた。私達は不安な顔を見合せた。看護婦は急いでメモをとり、ペンを握りしめた。

「服装は……」

私は頭が空白になり、浮んでこなかった。

「ほら、今日は焦茶のスカートよ」

花井が口を添えた。

「そうだったわ、それに黒の半袖のブラウス、黒のローヒール……」

「身長は一メートル六十位、中肉、髪はセシールカットね」

声を出して書きながら、看護婦の唇が痙攣していた。私は恐怖で奥歯が鳴り出しそうなのをかみしめていた。でも、りえ子と同じ年の看護婦は、はっきりした声で、看護長に、年齢、体の特徴等を電話していた。

「捜索願いを出すの」

私は聞いた。

「家に帰っていなかったらね、お母さんの同意は得ているの」

「ごめんなさい……りえ子さんがあまり明るかったので……私達……」

私は目を閉じ、両手で頭をかかえこんで許しを乞うた。

「いいのよ。私にも責任があるのよ、私が先生に、国費の第三病棟の人達も、健康保険の開放病棟の人達と平等に、外出をさせて欲しいとお願いしたのよ、先生も大変賛成して下さって喜んでいたの、その最初の試みにこんなことになって……私、患者さんにどうしてあげるのが一番よいか判らなくなってしまったわ」

看護婦は悲痛な声で言った。

「このことがなければ、私達、外出はとても楽しかったのよ」

看護婦は優しく、みんなの責任ではないから、心配しないように、自分を余り責めて病気を再発させないようにと言った。私達はりえ子の安全を確かめなくては安心できず、勤務室を去りかねていた。

看護婦は尚りえ子の立寄りそうな場所を聞いてきたが、大抵は、入院と同時に自分の病気を恥じて、友人達とは文通を断っている。家に手紙が来、回送されてきても返事を出さない。りえ子も同様で、発病や母の事は話していたが、友人のことは一言も話していない。看護婦の瞳にガラスのように光って涙が溢れた。自分の道を自分で歩き始める年齢で発病して、脱走という形でしか自由を得ることのできないりえ子が哀れであり、この事件で警察から始末書をとられる坂口看護婦の、重責に堪えて、背伸びしている姿も可哀相であった。私達は看護室から押し出されるように出た。

りえ子は言っていた。病院には、病気中社会で、妄想ではなく実際に、輪姦された者が多い。世間では精神病者は輪姦されても当り前と考えている。

狂人は阿呆の代名詞とされているが、今の精神病者は阿呆ではないのにと。

又病院の工事に来ていた職人ののみを、重症病棟の老婆が盗んだ。老婆は自殺するつもりだったらしい。老婆は罰として、看護人に鴨居に宙吊りにされた。両手をバンザイさせて鴨居に吊り、胸にXに組んで後に回した紐を、背中に結んで体を吊った。老婆は手がしびれる、小水がしたいと、泣きながら、下を通る看護婦に訴えたが下して貰えず、足先から小水を滴らしていた。

私達はそういう扱いが当り前とされている人間に落ちたのだ、それがとても我慢ができないと。

りえ子はそういう人間の集められた病院から逃げることで、そうした自分から逃れられると思ったのかも知れない。

世間にどう扱われようと、自分の価値を自分で見つけ、それを信じない限り、りえ子の自由に自分の道を選び出して生きる処は、何処にも本当はないのだ。所沢にも東京にも、地球上何処にも。今りえ子は何処かでそのことに気がついているかも知れない。

自分の価値を自覚して、病院に戻り、何年か辛抱し、退院手続きをして、社会に戻って才能を発揮する。或はそのまま浮浪者になっても、強く自己の信ずる所を主張し、主義を貫いて思いのままに生きる。そのどちらも今のりえ子にはできないと思われる。りえ子の望んでいるのは病気を知らない発病以前の自分に戻ることだ。時間が逆行しない限りそれは不可能である。

りえ子は不可能なことを考えながら、線路添いの雨の道を歩き続けているのだろう。道は休む為にあるのではなく、歩く為にあるのだ。行き場所のないりえ子が濡れてかがんで休んでいれば怪しまれる。軒下に横になれば尚更である。すぐパトカーが呼ばれ、脱走を知られ、手錠をつけられて一直線に病院に戻される。母の許に帰ってもやはり病院に戻される。りえ子のいる所がないのだ。今となって病院に戻れば、皆へのみせしめの為に、監置に二十日位は入れられる。りえ子は日常それを見て知っている。

りえ子は交番の前を遠回りして歩いているだろう。

退院したくも、退院の掟は厳しい。引取者が責任をもって監視するという一札を入れないと退院できない。重罪人の扱いである。現在監視が必要でないかあるかは、退院近くの患者自身によく判る。監視が必要になりそうな時にも判るから、自ら心掛けて早めに入院すれば済むことである。犯罪を犯した一人か二人の精神病者の為に、私達全員が、監視される。監視者のいない者は永久に退院できない。りえ子母子は誰が引取り、誰が監視してくれるであろうか、私はりえ子に、浮浪者になっても逃げおおせて、自由に生きて欲しいと願った。

消灯時間になって、灯りは暗く赤い常夜灯に切替えられた。りえ子は家にも帰っていず捜索願いが出されたという。看護人達も夕方から所沢の近辺を捜しに出ていた。看護室の窓から見ると、風雨が強くなり、裏の松並木が海鳴りのように轟き、病院を囲む雑木林が沸騰して、梢を地に伏せては立上り、又逆方向に捻じ曲げられている。ライオンが数百匹たてがみを振って狂い回っているような叫喚が続く。雨は遠のいては、音をはぜて近づいてきた。

私は床に戻っていたが、頭を上げて花井の床を見た。薄い布団が花井の体を、体なりに腹と足を盛上らせていた。花井は伸び縮みし、しきりに寝返りを打っていた。私は花井が寝ていないと思うと、救われる思いがした。私は鍵を毀《こわ》して風雨の庭を駆けめぐりたくて、落着けないでいた。咽喉がカラカラに乾いて、大声で叫び出しそうになり、必死に押えていた。

十二時になった。もうりえ子は帰れないだろうと、再び思った。監禁室が待っている。その心細さは私がよく知っている。壁に向って哀願し許しを乞う。だが壁は答えてくれない。金もなく行き所がなく、所沢から線路に平行した土堤道を歩いているだろう。明るい電車が鼻の先を走って行く。家路に向う、健康な勤人。恵まれた親や、子が吊革に摑まっている。りえ子の望んだ幸福も、ごく平凡な、木賃アパートに住んでも、食べて行けて健康で、その上結婚できれば、充分だったのである。自分と全く違う、お伽話の世界の人々が、あの明るい箱の中にいる。

土堤と線路と高さが同じになる処には、古い線路と枕木の残骸が積んである。りえ子は濡れた衣類をまといつかせて、滝のような雨を浴びてそこにうずくまっているだろう。向うに雨を吸って、丸い背波を重ねて、うねっている茶畑がある。それをじいっと見つめているだろう。二度狂ったから、三度狂う可能性はある。狂わないと誰かが保証してくれたら、翌朝からでも仕事を見つけて働けるのだ。それが誰にも判らない。又自分の生む子が気違いにならないとは言えない。その子が輪姦されたら……。りえ子はどうどう巡りをして考えているだろう。

私はりえ子に言いたかった。一時の狂気の為に、全体の自分を自ら台なしにするなと、座して神仏に祈って、諦めの中から安息を得るのではない。神仏に捨てられた末に、僅かに残る正気を武器にし、おぼつかないながら、狂気を踏台にし、利用してでも、生きる目標となるものを摑み出し、燃え立たせて欲しい。悲しみに溺れ、世の人々に甘えて自殺等考えるな。残る三分の正気も滅ぼしてしまうな、と。

私は思う。ある日、窓から射すまばゆい春の陽光の中で、りえ子は素裸で立って、下腹部の巻毛を覗くようにして編んでいた。頭の髪の毛のように……。狂っている時は天真らんまんで、正気になるとなぜこう苦しむのだろう。巻毛を編みながら町を歩いても、別に誰に害を与える訳でもないが、人々は早速見えない所に監禁してしまう。我々は社会の信用を得る為に、きちんと服を着ている。噂されない為に言葉に注意し、どんなに緊張し続けていることかと。裸の土人のいるこの世で……。

りえ子は今後の半生、始終、今狂っていないだろうかと、裏側に潜む狂気を見るように、目の奥を覗きこまれる。その目に堪えて生きてゆけるだろうかとも思った。

私は判らなくなってきた。睡眠薬を貰いに勤務室の明るいドアーを叩いた。

「心配で眠れないのね、久しぶりに嵐の街の夜景に見とれているのよ。結局は家に帰るわよ」

看護婦は普段の声で言った。私も灯のついた夜の街は、見たことがないと思ったが、看護婦の向っていた机に何もないのを見て、果して何事もなく済むだろうかと思った。

「私を所沢まで捜しに行かせてくれない？　……」

「だめよ、今度はあなたのことが心配になるから、ね」

「お腹空いているだろうなあ……」

「空腹なんて忘れて、自由を楽しんで歩き回っているわよ」

「空腹じゃあ、自由も楽しくないわよ、私飯抜きにされた時、隣のロッカーからカリントウを少し盗んで食べたわ、そうしたら眠れた」

「酷いわね。そんな時は私がお握りを作って上げるわね。りえ子さんも街が何も面白い所でなく、病院同様退屈な所と気がついたら帰ってくるわ、さあさ、お寝み」

看護婦は笑さえ浮べていつもの看護婦に戻っていた。私は今迄脱走者は皆無事だったではないかと思い返して落着いてきた。

二時になった。勤務室のドアーが静かな中に大きく響いて閉まるのを聞いた。床から顔を上げると看護婦が、廊下を宙を蹴って体を浮かせて走って行った。花井と私は飛起きると、向い側の病室へ行き、格子窓に並んで顔を押しあてた。部屋では皆正体なく眠りに落ち、キュッ、キュッと歯軋《はぎし》りが断続的に聞える。外来と玄関は祭のように灯が輝き、玄関の戸が大きく開かれていた。庭の光の届く所で、雨粒が厚い層となって、風にふくらみながら、玄関に強く吹きつけていた。

「自動車だ」

花井が呟いた。私は震えた。病院のライトバンが玄関の明りの中に滑りこんできた。前のドアーが両側から開き、男の看護人が三人下りた。りえ子は下りてこない。三人はそのまま玄関に消えた。三人はすぐ引返してくるとライトバンの後に回った。戸を手前に倒し、肩を寄せ合って何かを引出している。白く長いものである。雨にすかして見ると棺であった。三人の頭は外来の廊下の窓を見え隠れして奥へ消えた。ライトバンと入れ違いにタクシーが入ってきた。車の中の影絵のように見える、男の頭の角ばった鉢はりえ子の伯父であり、首根に髷を落ちかかるように結んでいる女は、母親に違いなかった。一旦帰った谷川医師が、何時の間に戻ったのか、玄関に二人を迎えて丁重に腰を折るのが見えた。

谷川医師も、患者と家族を喜ばせようとした、開放主義の出発が、思わぬ結果を招いて、非常に困惑しているだろうと思われた。主義の是非はともかくとして、今は只りえ子の家族に深く頭を下げるしかないのであろう。

「行っちゃったのね」

と言った花井の顔は、急にしわだらけの老婆のように、小さく縮んで見えた。

「あれがりえ子さんだとは、信じられないわ」

私はまだ私の側に男の子のように元気なりえ子がいるようで、そのりえ子の方が実在感を持って感じられ、今見た棺の中に、仏となったりえ子がいるのが、どうしても嘘のように思えた。

花井は言った。

「逃げおおせて、半人前でもとにかく生きて見れば、死ななくてよかったと思う時もある。死ぬことは何時でも簡単にできるのにねえ」

「連れ出したのが間違いだったわ。りえ子さんにもお母さんにも申訳ないわ、栄養失調の時、急に沢山食べると死ぬでしょ、急に大きな自由を得て、生きるバランスが崩れたのよ、どうしよう……」

私は下瞼に溜った涙を、目を閉じて落した。

「気が短いのね、羨ましくもあるわ、私の弟は、いっそ死んでくれたらという顔をしていたわ。私は狂っている時でも敏感に感ずるの、妄想で昔の恋人の声を聞いて有頂天の時も、心の目でじいっとそれを見ているの、後でその顔を思い出すと本当に死にたいと思う。でも死ねないわ」

花井は涙声でうつむいた。

看護婦が私達の病棟の入口に入るのが見えた。私達はバッタのように飛び散って床にもぐり、寝たふりをした。

私は半年か一年後、りえ子が消滅したことが実感できたら、その時苦い涙で号泣するだろう。私は、美容院で髪型に魂を奪われて働いているりえ子がいても、不思議でなかった筈なのにと思う。今こそ私と花井が狂っていて、妄想の中の棺であって欲しいと思った。だが、私も花井も正気であった。確かに雨の中に棺を見た。

入院中死んだりえ子は、狂死したと言われるだろう。もし狂っていたら自殺などしない、自殺などできない程本人は幸福なのだ。朗《ほが》らかに笑いながら生きている。りえ子は正気だったから死んだのだ。自殺は正気であることを、死ぬ間際に、母にだけは知らせたくて、電話したのであろう。母の声を聞き納め、そして一番先に自分の死を母に知って貰う為に、駅まで呼び出したのであろう。母が駅に着いた時、物陰からりえ子は母を見て、その姿に別れをそっと告げたのであろう。

看護婦が壁にかかっていたりえ子の普段着とネグリジェを持っていった。着替えさせて元気なりえ子をすぐ連れてくるように……。遺体の上にかけ、病院の個室で死んだように、縁者に見せる為であろうか、伯父と母の外に縁者が来るであろうか……。

花井は自分の床におれず、私が座っている布団の上にうずくまった。

「みんなが知るとショックになるから、病院ではひた隠しにするわね。焼香は私達は許されないから、二人でここでお通夜しましょう」

「私達が棺を見たと言っても、あなた方の妄想よと一蹴されるわね」

「二人の秘密よ。言うのも聞くのも辛いから」

「もう綺麗に髪を結って貰えないわね」

私達はひっそりと合掌した。

私は妄想の男ではない、現実の相愛の男に、りえ子を抱かせて貰いたかった。そうしたらりえ子の人生も変っていたかも知れない。

りえ子はとうとう最後まで世に甘え通しだったと思った。

りえ子は伯父や母の苦しみを除く為に死んだ。だがもっと大きい悲しみを一人残った母に残した。親娘は発病以後、社会に生かされる余地が全くなかった。精神病歴があっても、母とりえ子を迎えてくれる職場があったら、又正常な人達と同じレベルで扱われたなら、病気を恥じることもなく再起できたろうし、りえ子は死を選ばなかったろう。母の発病による失職が、母と自分の将来を不安にし、母の負担を軽くしようとし、又恥多い自分の将来にも見切りをつけたものであろう。

社会では精神病者は切捨てなければならない禍根としてしか、扱われていない。病歴を必死に隠さなければ就職できない。だが私達が狂っているのは、発病、再発当時のほんの数日なので、大部分の正気の時は、人並みの生活を社会の片隅で味わわせて欲しいのである。

私はりえ子の死によって、改めて自分の社会復帰の困難さを悟った。

母上様、二十回目のお便りをさしあげます。

暴風雨の夜は明けた。私は三畳のホールで朝刊を待っていた。自転車の少年配達夫が、格子の間から新聞を差しこんでいった。私は急いで広げた。勤務室から見張っていた中年の看護婦が、つかつかと来てものも言わずに、横合から私が一字も読まない新聞をひったくって行った。

それっきり新聞はホールに戻らなかった。テレビの電源も勤務室で切られていた。

「今日一日テレビは中止ですってよ……」

一人が腹の底から震えてくる声で、廊下を触れ歩いてきた。私は花井と顔を見合せた。

「今、ナイフを借りに勤務室へ行ったら線香の匂いがしていたわ、誰かの体についてきたのよ」

「気のせいよ、そんなに簡単に死ねたら庭に死体の山ができるわ」

と不安顔の者と、笑い飛ばしている者がいる。毎朝りえ子にアップに髪を結って貰っていた一人が、

「りえ子さんは明日あたり、ひょっくり現れるでしょうよ」

と片手を長く投げ出したまま、横になって軽いいびきをかき続けている。

「勤務室で聞いたらりえ子さん、無断で外泊してるんですってね」

「じゃあ帰ったら、監置に入れられるわね」

「おかしいわ、りえ子さんが外泊しているのに、どうしてきているのかしら……あれ、りえ子さんのお母さんと伯父さんでしょ」

真青に晴れ上った庭を隔てて、広い玄関の中は薄暗く、りえ子の母の時々顔にあてられる白いハンカチが、黒い着物の上で際立って見えた。伯父と一緒に辛抱強く玄関の隅に立っていた。

「大変なことになったらしいわよ、薬貰いにきたKさんがね、面会室で、テレビとか、飛込み、

小平、なんていっているわよ」

一人が聞きとれぬ程ひそめた声で言った。

皆は真剣な顔でその者をとり囲んだ。そのまま皆は押し黙って進み、面会室一ぱいになった。

「りえ子さん？　……いいや知らないよ」

Ｋは皆の問いに、後を見せて煙草を灰皿に押しつけ、話合っていた友人の方に身を向けてしまった。

「勤務室ではみんな押し黙って変だわ」

「看護婦さんが外泊というなら外泊でしょ、バカッ花でもやらない？　……」

私の声に、畳んだ毛布を囲んで四人が座った。みんな沈黙して機械的に花札を投げている。

「ハナ？　……ああら私も好きなんだ」

通りかかった坂口看護婦がとんきょうな声を上げて割りこんできた。看護婦は柿のように頬を赤くして、えいえいと甲高い声で札を叩きつけ、猪鹿蝶ができたと言っては、隣りの肩を肩で押して笑い崩れた。みんなはうさんくさそうに、それを眺めていた。看護婦が勤務室に呼ばれて去ると、皆はどうなっているのかと言い合っている。

「先生も患者の麻雀に入っているから、無事なのよ、勤務室の人達明るいもの」

という者もいる。

だが今朝騒ぎの圏外でうたた寝していた者が、今は髪をもつれさせたまま顔も洗わず、座りつくしている。私は誰かと何でもいいから話をし続けていたくて、

「髪を梳かしてお化粧なさいよ」

と言った。

「そうねえ――梳かさなくてはねえ――」

と顔を、櫛のあるロッカーに向けたが、腰は上がらなかった。

窓から開放病棟の老婆が言った。

「看護人が言っていたよ、電車に刎《は》ねられて千切れた、りえ子さんの首が……」

「何言っているのよ、じかに聞いたわけじゃないでしょ。りえ子さんの話、一切禁止よ、絶対口にしないでね」

私は大声で鋭く言った。老婆は剣幕に驚いて口をつぐんだ。私はそのくせ、棺の話が咽喉元までこみ上げていた。それを押さえながら、なおりえ子のことを誰かと話し続けていたかった。そうしないと心の平衡《へいこう》が保てなかった。みんなについて歩いていた。

午前十一時半に重症病棟の歩けない患者と、監置の患者を除いて、四百人程が食堂に閉じこめられた。そして病棟対抗の野球の試合の応援歌や、拍手の練習をさせられた。十分で終る筈なのに、看護婦が掛声をかけ、長時間執拗に繰返させていた。看護婦が疲れるとリーダーにな

るのが好きな患者が次々と立って、三三七拍子を繰返させていた。

患者達は訓練された柔順さで、だるくなる手を振上げ振上げ、辛抱強く叩いていた。

食堂から玄関の見える窓際に、遮《さえぎ》るように看護婦が並んで立っていた。窓際の患者が外に吸い寄せられるように顔を向けると、看護婦が両手でその顔を挟んで、向きを壇上に変えていた。私は沢山の頭の間から、玄関を横目を使って注視した。玄関横の裏口に、医師と看護婦の白衣の七人が並び、一斉に頭を下げるのがチラリと見え、通り行く車は壁の後で見えなかった。私は何で今拍手などしているのか、乱れた心で努力して、看護婦に同調する必要があろうか、私は手を下した。二人止め、三人止め、私の回りはみんな俯いてしまった。応援団長の掛声だけが頭上で空転していた。

二時半頃部屋に戻された。りえ子のロッカーは明け放たれ空になっていた。りえ子の母はりえ子と同行した私達に、最後の元気なりえ子の姿や、失踪の模様など聞きたかったのであろうが、病院側から他の患者への衝撃の点を力説されて、私達との面会は拒絶されたのであろう。部屋の入口にりえ子が退院の者から貰った、りえ子には只一つの派手なものであった赤い靴が揃えられ忘れられてあった。部屋の隅にはりえ子愛用の仏前用のうるし塗りの小卓も置いてあった。

「もう家族がくることもないわ、燃やしましょう。手伝って……」

私は花井と、病院裏の焼却炉に卓と靴を力一ぱい投げこんだ。さようならね、と心につぶやいて……。

母上様、二十一回目のお便りをさしあげます。

私達はその後、院長命令によって再び外出を禁止されました。私は窓から終日、時には雨に濡れ、晴れた日には陽脚の移る、赤土の庭を見て暮しています。只一つの楽しみは、時々向いの病棟の屋根の上に夕陽が、茜から藤色にそして紫にと、絶妙な色彩と模様で暮れ移る空を見ることです。

自分の選んだ生活をし、多少の不満はあろうが、配偶者を得て一家を構えている人達。自分の選んだ服を着て、好きな時間に好きな道のりを歩いていた人達。子供を背にくくりつけた若妻、店番をする女。指さばきも巧みに寿司を握っていた若者。陽を浴びてトタンを張っていた、屋根の上の職人。あの絶え間なく流動していた社会を、私は、本当に見たのでしょうか。何もかも、入院した時点にとどまって、変化のない長い病院生活からは、想像もつかない、生きた世界でありました。りえ子さんの死も妄想の世界のことのように、現実ばなれがして、信じがたくなっています。実社会も妄想の世界と余り違わない点がありますね。実社会は余りにきらびやかで、半面残酷過ぎて、一生妄想の世界に遊んでいたい気もします。妄想なら安心していられます。覚めれば、実際にはなかったことと判りますから……。現実の世界に私は疲れています。

外出を強いて頼みたいとも思いません。所詮私の住める所は病院以外にないようです。

りえ子さんの死から半月経って、坂口看護婦が、散歩に行きましょう、と皆に声をかけました。私が禁止になっているのでしょうと言うと、いいのよ、人家の側は通らず林に行くだけだから、みんな用意して……と言うので、皆音を立てて廊下を駆け、服を着替え、サンダルを持って、病棟の出口の廊下に並んで待ちました。やがて坂口看護婦がしおしおと戻ってきました。ごめんなさい、院長先生がどうしても許して下さらないの、みんなはひっそりとサンダルを下駄箱に返しに行きました。

母上様、長く続いた手紙で、私という者と、私のありのままの姿と、私の願いと、私の生活を知って下さったと思います。私はそれだけで幸福です。私が母上様を知らないのも、何かの意味で救いになっているのかも知れませんね。私は母上様が私を思い出すきっかけにもなるかと思う、一つの情景を覚えています。

ある女のひとが、唐紙の中に憎い相手が逃げこんだように、毎日、朝も晩も、唐紙に拳をめりこませて殴り続け、唐紙を穴だらけにしていました。

雪の降る朝です。そのひとは毛布にくるまれ、リヤカーに座らされて、野の畦道を丘の上にある病院に送られたのです。目を開けていられない程まぶしい白銀色一色の野づらに、僅かな家が遠く点々と、半分雪に埋もれていました。電柱が一列に雪を被ったまま並んで、空と雪の接点まで続いて消えていました。

リヤカーを引く男の人はこうするより仕方がないのだと、自分に言い聞かせるように、ゆっくり、一歩、一歩、考えながら深い雪を踏みしめて引いて行きました。

女のひとは送られる所がどんなに楽しい所か散々聞かされていたのでしょう。出掛ける朝に、綺麗になろうと、顔を一時間も濡れタオルで強くこすり続け、赤肌にしていました。雪の反射する輝きを、そのツルツルと赤剝けした顔に受けて、幸福そのものの顔をしていました。

それが母上様、あなたなのか、私の姉妹なのか、或は私自身なのか、或は近所の主婦なのか、私には判りません。でも誰であったか知りたいと思いません。只母上様に、私の記憶にあることを知っていただければよいのです。

ではおやすみなさい。私は一生、あなたに手紙を書き続けます。
私は夜半の今、看護婦の巡回の隙をねらって、懐中電灯の明りでこれを書いています。

では又、母上様。

二信

母上様、私は、私を実在する人間であると、信じてよいのでしょうか、私の存在そのものが妄想の中のものでないか、実際には肉体も名もない人間ではないかと、疑っています。
母上様、あなたは実際に私をお生みになりましたか、それがはっきりしないと、自分を確かめることができないのです。それともこう疑いながら、私は又狂い始めるのでしょうか。

芥川龍之介「歯車」における狂気と私の狂気

「歯車」における狂気と私の狂気

芥川龍之介の歯車を読んだのは三十年程前である。手もとにかなり集めていた岩波文庫と共に、戦災で焼失して、今は手もとにないが、私の狂った期間を通して、この一冊の主人公が歯車に追いかけられるという妄想に捕えられる一場面だけが、記憶に残っている。

歯車を読んだ時、その中の狂気に私は強い憧れと尊敬の念を持ったのを覚えている。後年自分がその尊敬する狂気に捕えられるようになろうとは思ってもいなかったが……。

主人公は不毛となりつつある魂を抱き、何とか作品再生産への道を考えて歩いている。その後を歯車が追いかけてくる。現実に道路を歯車だけが追いかけてくるはずがないことを、主人公を二分にしている正常な方の精神が知っている。ほらこうして狂ってゆくのだと、正常な精神がささやく。だが半分の狂気の部分は、見えるだろう歯車だ。段々近くなる。逃げてもだめだ、という。歯車は大きくなり高く軋《きし》み被いかぶさりそうになる。嘘だ、狂気が言うのだ信じてはいけない。主人公の思考は乱れる。逃げろ……狂気から歯車から……。だが狂気にみっともない逃げ方を見せられない。主人公は静かに歩む。その時、大きくなった鋭い歯車の歯が背に登りそうになって、主人公が振向くと、続々と幾つもの歯車が追ってくる。ついに下駄の歯を鳴らして逃げる。歯車の金属のきしる音に呑まれる下駄の音、目まぐるしく回って迫る歯車・歯車が頭に登って、ついに頭にがっしりその歯を喰いこませている。誰かが頭から血が流れていますよと言ったような気が主人公はする。主人公はきっとなってその声に言う。あなたは狂っているのですか、歯車などある筈がない、血が流れる訳がない、と。でも次の瞬間主人公は叫ぶ。皆さん逃げて下さい。歯車ですよ、私のようにやられますよ。

私は歯車に追いかけられる一場面を読んで、このように主人公の内部を想像したものだ。狂い方にも芥川の天才型の狂い方と、私のような凡人型の狂い方とあるようである。芥川が芸術家として死後に願うものがあるとすれば、作品の中に残す作家の魂であろう。その魂が不毛になり何も生み出さなくなる。不毛から狂い始める。狂った魂をもって、窮極の真理たらんとすることができようか、狂気に気がついた芥川は益々苦しみ、苦しめば益々狂ってゆく。そしてついに死に追いこまれる。

不毛から生れた芥川の天才型の狂気に比ぶれば、私の狂気はお祭騒ぎのようににぎやかで、全く質が違う。私は歯車を読んでから狂ってみたいと憧れていたが、狂ってみて、私の狂い方が余りに俗っぽいのに失望し、五年間も病院に閉じ込められて、大変割に合わなかったと思っている。

私の狂い方は恐ろしい時は非常に恐ろしいが、全くスリラー的な恐ろしさで、その恐ろしさの後に何もない。思想も、機械化に対する抵抗も、社会に対する批判もないのである。刹那的な恐ろしさだけである。私が火焙りにされて、脳天にくる程、皮膚一面に痛く熱く、黒くただれた肉から、白い脂を絞り出している。もう一人の自分がそれを見ていて、骨が黒い、まだ白く焼き切れていない、あゝ炎の中で、目だけが生きてチカチカ光っている。早く灰になると楽なのに、と思っている。

次の日、焼かれた筈の自分がまだ生きていて、電車、バス、自動車と乗りついで逃げる。逃げても、行った先のホームにちゃんと殺人者が待っていて、丁度その前に私が降り立つという具合になる。とうとう止っていた自動車に逃げこんで、自動車ごと、長い日本刀で串刺しにされるということになる。

私の狂った時の楽しい場面は又幼児的で、深海の底の、古代の沈没船に私が住んでいて、首の長いギリシャあたりの古いつぼの山に腰かけて、魚と一緒に、食事をしている。大貝に盛った、クッキーなんかを。魚は貝皿に集めて突っつき、私は上品に二本の指でつまんでいる。父母や兄弟の化身のサンゴが、大小様々ある。それは人間のような形をしていて、黒や紫や、象牙色などあり、頭の所が蓮の実のようにお椀になり均等の丸い穴などがある。時々その穴から、当人の声が聞える。近所の赤ん坊の化身の真黄色の小さいサンゴもある。紅や金や、銀の魚が遊んでいて、私の護衛には一匹の大きなサメがいるのである。

又大人としての妄想になると、又ミーチャンハーチャン的で、目もあてられないぶざまなものである。正気の時代には、男性から全然目をつけられなくて、目をつけられたと思ったら、その男はちょいと、私の体を一時借用に及んで、大金持の女を見つけたら、さっさとその女と結婚してしまった。勿論大金持と言ったのはその男の言葉なので、せいぜい一千万がとこの家を、その女が持っていただけなのであるが……。婆婆で全然もてなかった私は、妄想の中ではやたらにもててもてて、精神病院の私の部屋の窓下には終日、私の妄想の公達《きんだち》が、鈴なりになって私に一目会いたいと言っている。私を放り出したかっての男も、本当は私と結婚したかったのだ。今こそ妻子を捨てて、あなたのもとに参りますと、ニューヨークから電波で言ってくる具合になる。全く芥川には恥かしい、申し訳ない狂い方になるのである。

芥川の時代の狂気は直らなかったから、それだけ狂気の持つ意味は深く、内包するものも重い。患者の九割は、一生自己を喪失してしまったから。今は直るから意味は風邪程に軽い。すぐ自分を取返して、一寸ノイローゼだったの、と笑って済む。これは苦心して狂った私にとっては、致命的な損失であった。

全く私の狂い方も凡の最たるもので、「歯車」の二、三行の文を残して、頭に詰め込んでいた岩波文庫の一揃いの知識を、狂気がすっかり追い出して、頭の中がスカスカになり、漢字も、ひらかなも、ローマ字も、数字も、皆追い出されてしまった。空っぽになると、もう考える材料がないから、勢いどうしても正気にならざるを得ない。そして正気になった。正気になっても頭の中をスカスカにしておかないと、又狂気が正気を追い出しにくるので、知識やら、理論やらを詰め込まないことにしている。が、反面これでは、何百人のうちの一人に選ばれて狂った甲斐がないとも思う。それでは狂気とは何かということが発見できないからである。狂気とは妄想なりと言うことではない筈であるからである。

私は狂っている時、芥川のように死のう等と考えなかった。世に正義を行う、救世主は自分以外にない。殺人者に狙われようと、何とか生きのびて、世の人間共を救わなくてはと、神の身替りのつもりの昂揚した気持に包まれていた。こんな風で、私は狂気の宝物を持腐らせてしまった。

せめてIBM（電子計算機）の為に狂った友人のように、人類の自主独立の為に狂いたかったと思う。

その友人はIBMにかける以前の、人間が書いた、現物の品物の数量と違った伝票のミスから、IBMの回答が、現物の品物の全国の流通と一致せず、友人は膨大な資料を一人こつこつ二本の手で、IBMの最後の回答から逆に最初の伝票にまで、溯《さかのぼ》り、数地区で、最初に人間が書いた何枚かの、ミス伝票に到達した。IBMにかける以前の、現物の数量を書き違えた人間のミスを誰が糺《ただ》すか、そこまで糺すものがないと、IBMの回答を、そのまま信ずることができない。友人はIBM使用反対を幹部に申し入れ、気狂い扱いされた。それを口惜しがっているうちに本当の気狂いになった。何度も、その最初の人間のミスに到達する調べをIBMの回答を溯ってやらなければ、正確な全国の品物の流通状態が掴めず、度々それを繰返し、その為に毎日残業が続き、疲労困憊して益々狂ってしまったのである。

友人はIBMによって、数字に変えられた、自分の名や故郷の山川の名、果物の名が、沢山頭に詰っていて、苦しいから、頭に喰いこんでいる数字を抜いて下さいと言っていた。便箋を出して数字で現さず、漢字で私の名を書いて下さいと言う。漢字で友人の名を書いてやると、又IBMにかけて私の名を数字にしてしまったと怒り出す。そして私の苦しさを誰も理解してくれないと、泣き出さんばかりになる。それは膨大な数字に押し潰された痛々しさがあった。

私は芥川のような狂い方ができなくても、この友人のような頭脳的な狂い方がしたかったと思う。正気となった今では取返しのつかないことだが。

解説

七北数人

本シリーズの今後について書肆主人の上田氏と語り合っていたある日、天啓のように昔読んだ一篇の小説が頭に浮かんだ。著者名も作品名もとうに忘れてしまったが、読後の異様な胸騒ぎだけ、生々しく記憶に残っている。シリーズのために、ひいては本物の文学を愛する読者のために、なんとしてもその作品を掘り起こす必要があると思った。

数十年前、その小説に触発されて自分でも書きたい小説のアイデアがいくつも湧いて出た覚えがある。昔の創作メモの束をさばいてみるとすぐに見つかった。

小林美代子の短篇「蝕まれた虹」。発表誌『群像』の当該バックナンバーを偶然手にする機会があり、なんの予備知識もなく、おそらくはタイトルに惹かれて読みはじめたのだと思う。文章そのものに何か不穏な、狂的な気配があり、ざわざわと神経をなでられるような不気味さに惹き込まれて、一気に読んだ。戦慄――。この一語に尽きる。できれば読者にも、解説などを読む前に、まずは虚心に本書初篇の「蝕まれた虹」を読んでみてほしい。

のっけから異様な訪問客の登場に圧倒される。主人公が何者で、客はなぜ彼女を訪ねて来たのか、何もわからないうちに、語り手が自己内部の語り手に浸蝕されたかのように話者が曖昧になっていく。誰が狂っていて誰が狂っていないのかも不分明だから、すべての登場人物が宙吊り状態で、そこから生じる違和感や緊張感は生半可でない。

しだいに、作者も精神疾患をもち、それを題材にした小説で新人賞を受賞した作家だとわかってくる。同病者たちが救いを求めて作者のもとを次々訪れて来る、そういう設定だ。

狂気の人にしか書けない文章というものがこの世に在るものかどうか、私は知らない。

作品の隅々にキリキリと張りつめた空気があって、今にもどこかが破れそうな不安に満ちている。それが発狂や自死の予感によるものだとしても、その文章の衝迫力は狂気のゆえでは勿論ない。実感の強さが言葉の強さに直結しているのだ。

次々訪れる同病の客たちに対して、主人公は親身というわけでもないのに、ハッキリ拒絶することもできず、カウンセラーのように深く立ち入って、聞く。

「正常な世界に不満を持つほど、私は正常な人間ではない。どんなに最低の正気でも、狂うよりはましだ」と書き、独りでいれば「苦しい時も、遠慮なく苦しめる」と安堵したその人が、同病者の声に一心に耳傾ける。そのたびに、心に癒やせぬ傷を彫り込みながら。

冒頭の、人々の最期の声を聞いて回る戦災青年のエピソードが、作者自身の精神状態を象徴するかのようだ。だからこそ、この話が冒頭に置かれたのだろう。

この作家は宿命的に「聞く人」なのだ。すべてを身に引き受けてしまう。だから人々の声を、自分の声を、伝えたいと思うようになり、小説を書きはじめた。自らを傷つけながら人を救おうとする、その人の文章には聖性が宿る。読んでいると、自分の安逸な日々が恥ずかしくなる。文章を書くことを生業とする人ならばなおさら、これを読むべきだと思った。身につまされて、読んだほうがいい。

「蝕まれた虹」は、『群像』一九七三年十一月号に、遺作として発表された。同年八月十八日頃、独居の自宅にて睡眠薬自殺を遂げており、近隣住民からの異臭の苦情により、九月一日、腐乱した遺体が発見された。枕元の遺書には「笑ってください。死にます。私はほんとうのことを叫び通してきました。私の銀行預金五十万円は精神障害者友の会に寄付して下さい」と書かれていた。

没後、同人誌時代の盟友だった中上健次は、小林美代子の自殺に激しく憤り、泣き叫ぶような追悼文を書いた。少し長いが引用しておきたい。

「ぼくの「十九歳の地図」の、かさぶただらけのマリアさまは、小林美代子さんをモデルに借りた。それで、けんかして、音信が途断えた。それまで朝から晩まで、もしもしと彼女独特の蚊の鳴くような声で電話がかかり、彼女の一方的にしゃべりまくる小説の構想をきかされ、「関係」にふんがいしはじめるのをたまりかね、「いいですか、単眼じゃなく複眼で書くんですよ」と激励とも注文ともつかぬことをしゃべったのをおもいだす。「フクガン、そうなの」といって、また一方的に、編集者が家にまで来てくれ、ウィスキーをビールのコップいっぱいについで出すと、それを眼を白黒させてのんで、フクガンといっていたとはなしだす。ぼくの家へくると言うので、国立の駅までむかえにいくと、顔よりもおおきい大きな帽子のようなかつらをかぶり、黒のエナメルの手さげをもって、上等のかっこうでやってきた。ぼくはそんな小林さんをむしょうに好きだった。（中略）〈笑って下さい〉と遺書にあるが、誰が笑えよう。／笑っているのは小林美代子さんあなた自身だ。それがたまらない。なにか自分の大事にしていたものが愚弄された気がする。ぼくの、まったく一人よがりの思いいれにすぎないが、かさぶただらけのマリアさまとして、何度も何度も死んだけど死ねない人間として、この世間のすみっこに生きてほしかった。自殺するなどということは認めることができない。（中略）世界はなぜ、こんなに重っ苦しく一変するのだろうか？　このからくりがやりきれない。このからくりのしくみを代数を解くように解いてしまいたい。／あの人生の、あんなにも楽しげにビール六本ふろしきにつつんでもって家へやってき、松葉ぼたんとひげなでしこのはちうえをもって帰り、松葉ぼたんのひとつ咲いた黄色い花が、母のすきだった花だと電話をくれた人の、一生の帰結が、自殺、腐乱だとは、哀しすぎる。わびしすぎて、やりきれない。「髪の花」の主人公のように、ぼくもいったいどこにむかって手紙をさしあげて良いのかわからないが、ほんとうに、母上さま、と手紙を書きたい気がする」（「作家の背後にある「関係」」『日本読書新聞』一九七三年九月十七日）

中上の回想に現れる小林美代子の姿は、人づきあいに不慣れで何をやっても突飛にみえてしまうフシギちゃんだ。そのくせ人恋しくて、親身になってくれる人をすぐに信じてしまう。だから裏切られた時の傷は必要以上に深く残ってしまう。

美代子と中上の作品が初めて『文芸首都』に掲載されたのは同じ年、一九六六年のことだった。数多くの著名作家を輩出したことで知られるこの伝説的同人誌には、当時ほかに勝目梓や中上夫人の山口かすみ（紀和鏡）、庄司肇、丸茂正治（戦前の坂口安吾や中原中也の文学仲間）らが寄稿していた。

掲載された処女作「精神病院」は、タイトルのままに精神病院の閉鎖病棟で書かれたものだった。ここで、入院に至るまでの経歴をざっと辿っておこう。

小林美代子は一九一七年三月十九日、岩手県釜石町に生まれた。乳癌手術をした母の術後療養のため、一九二四年に福島県伊達郡保原町に一家で移住するが、家業の茶舗は破産、長兄は一時出奔、美代子も生計を支えるため尋常小学校高等科一年を中退し、十二歳で東京へ働きに出た。子守、女給、女工、速記アルバイトなどを転々とするうちに、父母や弟が病死、戦争のさなかに姉や妹は相次いで精神を病み、入院中に死亡した。特に姉は病院で電気ショックでもされたのか、裸で台の上に寝かされており、眼球が飛び出すほど見開かれ、歯をむき出していたという。

東京大空襲で間借りしていた住宅も被災したが、戦時下に採用された大日本鉱業の速記者の仕事が戦後も継続でき、一九五一年頃、三鷹市井の頭の建売住宅を購入した。

その頃、シベリアの捕虜収容所帰りの同僚男性と恋仲になるが、浮気をくりかえした男は金持ちの娘と結婚して去って行った。失意の積み重なりによるものか、一九五四年に一度、睡眠薬自殺をはかって四日間昏睡したという。

一九五五年、数日間ほぼ徹夜の速記仕事があり、目まいを起こして倒れる。メニエール病と診断され、即入院、手術後も入退院をくりかえすようになる。一九五九年には病気休業期間切れで退職。収入の道を断たれたため自宅を間貸ししようと二階の増築を始めるが、近隣から日照権などで猛抗議を受ける。やがて、メニエール病が再発し、一時入院。

一九六二年には近隣トラブルからノイローゼになり、幻聴や妄想が高じて寝間着姿で外へ飛び出すなどしたため精神病院に入院させられる。麻酔で三日間眠ったあとは、本人いわく完治したようだが、五年間退院を許されなかった。

入院中に書き上げた処女作「精神病院」は、単行本収録時に加筆の上、「幻境」と改題された。

「幻境」には、感覚の異変が徐々にのっぴきならないものになっていくようすや、入院に至ったいきさつなどがつぶさに描かれているが、ただ体験をなぞったものではない。構成も見事で、随所に光る表現があった。何より、心の向かう先が常に揺るがず、ピュアで透明なのが得がたい美質である。

「体中に各国のテレビが写し出されていて、私の体を全世界のテレビが中継体としている」といった奇怪でユニークな妄想や、グロテスクな妄想、残虐な地獄図の妄想……それら一つ一つが妙に肉感的で、なぜだか美しい。

「肺に写っているイギリス女王の王冠は肺が脈打つ度に、きらりきらりと輝やくのである」

表現には作家の魂がしっかりと根を下ろしている。しかし現実は、妄想を面白がっていられるほど甘くない。

「何が真実で何が虚構か、今の私には証明できない。それ程頼りないものにすがって生きようとすると、自分が滅びてしまうしかない」

近隣住民から四年にわたって嫌がらせを受けたことが発病のひきがね、と小説内で書かれているが、美代子はこのことだけは妄想でなく事実だったと確信があった。後のインタビュー記事などでも同様の体験を語っている。

ところが半ば当然のことながら、医者は信じない。すべてを妄想と思い直せないかぎり病気のままだと考える。実際、数々の嫌がらせが本当に書かれているとおりなら異常きわまりなく、近隣の者たちも皆、狂気の世界に足を踏み入れていたとしか思えない。

しかし、作者が考えるように、世の中に全く狂っていない人など存在しないのも確かなことだ。現に、私の知人の何人かは異常な近隣トラブルの被害者だったり加害者だったりしている。どうしてそんなに苦労して、手の込んだ嫌がらせを工作しなくてはいけないのか、意地になった当事者たちはもはや気づくこともできず悪意をエスカレートさせていく。そうして、ノイローゼから被害妄想になり、やはり統合失調症らしき幻視幻聴をうったえはじめた知人もいる。きっと、そこらじゅうに狂気への落とし穴が口をあけているのだ。

作中の「私」は、医者とのかかわり方を決める。作戦としての受け答えをする。これこそは正気の作業だが、質疑だけで病気を判断する当時の医者は、これをも病気とみる。おかしなことだ。同じことが後年の映画「カッコーの巣の上で」にもあったような気がする。医者が変われば、病気でないと見なされる。これも異常なことだ。

本書には以下、『文芸首都』に発表された小説すべてを発表順に収録した。一九六七年から六九年にかけての四作。意外にも、作風はさまざまだ。それぞれ巧みに物語の枠を作り、作風が一定の方向に固まらないよう工夫を凝らしている。

「灰燼《かいじん》」の空襲描写は実体験の裏打ちがあるからリアルだし、「女の指」の嫉妬は負の感情なのに艶《なま》めかしい。二人称の使用が怖さを増幅させる仕掛けもウマい。「さんま」のごく日常的ないがみあいは対話劇のように緊迫感があり、死にかけるほどの事件の後に急に風通しがよくなる感覚がうまく表されている。「老人と鉛の兵隊」は遠景多用の客観小説で、老人の目に映るだけの女の外面から尊厳に似た何かをにじみ出させようとしている。

このあとに満を持して書き上げられた中篇が「髪の花」である。精神病院での体験が生々しく綴られ、病院内の虐待や腐敗の実態が暴露されている。小林美代子の事跡をフィールド調査した文芸評論家小林澪子の『歴訪の作家たち』（一九九九年、論創社）によると、一九七〇年三月、朝日新聞に記者の潜入取材による「ルポ精神病棟」が連載され、牢獄にも劣る「人間捨て場」のひどい現状が告発されていたという。

美代子は「髪の花」を群像新人文学賞に応募、一九七一年五月に受賞の栄誉を手にした。

選考委員のうち、大江健三郎と野間宏は社会的メッセージの側面をのみ評価し、安岡章太郎はいちおう候補作中の一位としながらも、作品としては未整理だと高くは評価しなかった。江藤淳ひとりが『髪の花』を推す」と題して強く推賞し、これが受賞の決め手になったようである。

「近頃では、狂人のほうが正常人より純粋だとか、むしろ現代社会の〝歪み〟が狂人によって告発されているのだというような言説をなす者が、専門の精神科医のなかにさえときおり見受けられる。インテリの寝言とはこのことであって、こういう曲学阿世《きよくがくあせい》のともがらは、狂人のなかにひそむ治りたい願望について、一掬《いつきく》の涙すら注ぐことができないのである」「ここに描かれているのは悲惨なことばかりであり、〝善意〟のインテリも適確に批判されているが、この小説には一貫して不思議な安息感が流れている」

中上健次はこの受賞を喜び、先の追悼エッセイの中でこう書いた。

「これはむごたらしいほど美しい小説である。しかし、この作品の〈真実〉は、狂気にあるというのでないこともたしかである。狂気をこえた、生きようとする生の姿勢に感動するのだ。いまあらためて、諸文芸誌を読み、「髪の花」を読んで比べてみると、月々出る幾多の小説など五年もたてばばかばかしくなるだろうと感じる。「髪の花」は、小林さんの体が腐乱するようには腐りはしない」

この二人の評言は、作品にこめられた深いかなしみと真摯な祈りとを言い当てている。社会を上から見下ろすような安い批評の目は一切通用しない、そういう場所で、この作品は輝いている。

特にりえ子のからむエピソードはどれも痛ましいのだが、彼女のみる幻想世界に最も惹き込まれる。グロテスクで恐ろしい、けれどもエロティックで心慰められる。りえ子のファンタジックな幻想の数々は、本当はすべて作者自身が幻視したものかもしれない。

エッセイ「芥川龍之介「歯車」における狂気と私の狂気」で、美代子は芥川と比べて自分の狂気が俗っぽいと卑下しているが、だからこそ肉感的で面白いのだろう。この短文の中で思い出しながら空想する「歯車」の狂躁的場面は、実際の「歯車」には存在しないのだが、これが非常にユーモラスで、本質的には物語作家の資質をもつ人だったと感じられる。芥川の狂気はノイローゼから来る暗合と疑心暗鬼の連鎖だったから、奇抜な幻想は現れにくかった。狂気のひとくくりで同列には比べられない。

受賞後、八月に刊行された短篇集『髪の花』には、既発表作から「髪の花」「幻境」「さんま」「老人と鉛の兵隊」「女の指」の五篇が収録された。

しかし、後が続かなかった。受賞後第一作の発表もないまま一年四カ月が過ぎ、ようやく自伝長篇『繭となった女』が書きおろし作品として刊行されたが、これはあまり評価されなかった。肉親が皆、どこか欠陥があるように描かれている。いとこ結婚だから、とも自分で書いている。いわば因果ものの体裁で、そのくせ少女時代を書く文章には気恥ずかしくなるような星菫《せいきん》趣味も散見され、短篇群とは別人の筆としか思えなかった。中上にもこれは受け入れてもらえず、しばらく落ち込んだようだ。

折しも、良好だった美代子と中上の関係が短篇「十九歳の地図」で一気に瓦解した。

一九七三年五月七日、『文藝』六月号に発表された中上の初期代表作で、芥川賞の候補にもなった。中上自身がいうとおり、作中の「かさぶただらけのマリア」は美代子にそっくりだった。前掲『歴訪の作家たち』によると、すぐにこれを読んだ美代子は五月十二日に小学校時代の恩師への手紙で「文学のことで口惜しいことをされ」悲しかった思いを綴っている。それから二週間後には「緊張状態がつづいた為、目まいが再発してしまいました」と書き送っている。自殺の三カ月前のことだ。中上は半ば自分のせいだと思ったことだろう。そんなはずではなかったのに、すべてが裏目に出た、その悲痛、悔しさが思いやられる。

「かさぶただらけのマリア」は「十九歳の地図」という作品の中心点だ。これを欠いたらすべてが無意味になるほどの、汚辱のなかの天使のような存在。

「あの人は聖者みたいな人なんだ、あの人は不幸のどん底、人間の出あうすべての不幸を経験して、悲惨という悲惨を味わい、いまでもまだ不幸なんだ」「この世界にあの人がいて、まだ苦しんでいる、そのことだけでぼくは死のほうへ、ににんがし、にさんがろく、のほうへすべりおちるのをくいとめているんだ」

甲斐性のない新聞配達員の三十男が絶対的に慕う聖女だったが、その男と相部屋の若者はこれをあえて蹂躙《じゅうりん》せずにはいられず、突然彼女に電話をかける。

「うじ虫のように生きてそれをうりものにしてるのならさっさと首でもくくって死んでしまったらどうだよ」「さっさと死ねばいいんだ。きたならしいよ、みぐるしいよ」

若者は罵ったあと、とりかえしのつかない失敗をしたと思う。鉄道爆破のニセ予告電話をかけた時でさえ、苦しみは増しても失敗とは思わなかった彼が、この時ばかりは失敗したと感じる。そう思わせるもの、人を理屈でなく救い上げるものが「マリア」にはあった。すべての人の原罪を引き受けて輝く人として――。

この光景を描くために、中上はあえて、彼にマリアを手ひどく罵倒させたのだ。美代子にもたぶんそれは読みとれただろう。しかし、構成上の悪罵だとしても、その罵倒部分がそのまま、そう言われうる自分を表してもいる。つまりは、ほんの数パーセントでも中上に自分への悪意が潜んでいたことの証明になる。そう考えたのかもしれない。傷つけられた、と感じてしまった。感じてしまった心はもはや、どんな理屈をもちだしても修復できない。それが自分を追いつめるタネにしかならないとわかっていても。

死のひと月前、目まいが再発する中で「人間の本当の真黒い孤独を、一つ書残しておこうと、とりくんでいます」と恩師に書き送っている。

その作品こそ「蝕まれた虹」であったにちがいない。「髪の花」発表後、メジャー文芸誌への寄稿はこれが最初にして最後の作となった。

秋山駿はこの作品に接して「忘れられた何か大切なものを告げているように、私には思われた」と心のこもったエールを捧げた。「作中語られているいろいろな狂気の場面には、人は心優しきがために狂うのだと、そういいたい生々しい迫力がある」（『東京新聞』一九七三年十月三十日夕刊）

江藤淳もやはり「ひしひしと身にせまって来る」と他人事でない評価の仕方をした。「氏が受賞したことを心から喜ぶと同時に、この受賞に果たして氏が耐えられるかどうかを、ひそかに危ぶんで来た。いま氏の遺稿に接して、私は自責と痛恨の念が胸を嚙むのを、とどめることができない」（『毎日新聞』十月二十九日夕刊）

江藤はしかし、自責など思う必要はなかった。それこそ、おこがましいことではないか。群像新人文学賞「受賞の言葉」で、美代子はこう宣言していた。

「入院で、自分を代表していた魂、自分にも他人にも、これが私だと示していた人格を、一切失って、空の肉体だけで世に戻ってきました。魂のなかった私の肉体への魂の火入れ式は今度の受賞でした。受賞によってようやく新しく誕生できます。今度こそ、自分の願う自分を作ってゆきたいと思います」

そして図らずも、この遺作が晴れ晴れしく自らの「新生」を語っている。作家として世に出た栄光と苦闘の日々を回顧して、主人公はこう思う。

「その絶望もここでは王冠のように輝いていた」

最後はおそらく空想の世界で精神病院に戻るのだが〝帰って来た〟幸福感は本物だった。本物だからこそ切ない。自分があの「髪の花」で書き尽くしたような悲惨を、病院でまたぞろ体験しなければいけないはずなのに、でも皆それはそれとして、出迎えてくれる。その幸せはたぶん、他のどこでも得られないものかもしれない、と思う。そう信じたくなる。われわれ読者も作者の祈りにすっかり染まってしまったのだ。

そして思う。これは美代子流の中上へのアンサーソングだったのではないかと。本物の「かさぶただらけのマリア」とはこういうものよ。透明な空間にとけこんでしまった美代子は、きれいな笑顔で中上にそう語りかけている。

初出一覧

蝕まれた虹　『群像』一九七三年十一月
幻境*　『文芸首都』一九六六年九月発表の「精神病院」に加筆
灰燼　『文芸首都』一九六七年七月
さんま*　『文芸首都』一九六八年二月
女の指*　『文芸首都』一九六八年五月
老人と鉛の兵隊*　『文芸首都』一九六九年三月
髪の花*　『群像』一九七一年六月
芥川龍之介「歯車」における狂気と私の狂気　『文芸首都』一九六九年十一月

＊印は『髪の花』(講談社、一九七一年)、無印は各初出誌を底本とした。原則として漢字は新字体に統一し、難読語句についてはルビを付した。また、明らかな誤記・誤植と思われるものは訂正した。本書中には現在の人権感覚からすれば不適切と思われる表現があるが、原文の時代性を考慮してそのままとした。

小林 美代子（こばやし みよこ）

1917年、岩手県釜石町生まれ。1924年に福島県伊達郡保原町に移住。家業の破産や家族の病死、逐電、精神錯乱などが相次ぎ、転々と職を変えた末、戦時下は速記者として生計を立てる。戦後三鷹市井の頭に自宅を構えるが、1955年メニエール病で倒れ入退院を繰り返す。1962年、近隣トラブルからノイローゼになり精神病院に入院。1966年、閉鎖病棟で書き上げた処女作が『文芸首都』に載る。1971年、精神病院内の実態をえぐった「髪の花」が群像新人文学賞を受賞。翌年、自伝長篇『繭となった女』を刊行するも目まいや幻聴が再発、1973年、井の頭の自宅にて睡眠薬自殺を遂げた。

※小林美代子様の作品の著作権者・著作権承継者を捜しています。
連絡先をご存知の方は、烏有書林までご一報ください。

蝕《むしば》まれた虹《にじ》

——シリーズ 日本語の醍醐味⑥

二〇一四年二月二十五日 初版第一刷発行

定 価＝本体二四〇〇円＋税

著 者 小林美代子

編 者 七北数人・烏有書林

発行者 上田 宙

発行所 株式会社 烏有書林
〒一〇一—〇〇二一
東京都千代田区外神田二—一—二 東進ビル本館一〇五
電 話 〇三—六二〇六—九二三五
FAX 〇三—六二〇六—九二三六
info@uyushorin.com http://uyushorin.com

印 刷 株式会社 理想社

製 本 松岳社 株式会社 青木製本所

Printed in Japan ISBN978-4-904596-08-1